口十田
[miao]

鳴
[ju]

...

catch 128　西雅圖妙記2

My Life in Seattle Ⅱ

作者：張妙如

責任編輯：韓秀玫・繆沛倫

法律顧問：全理法律事務所董安丹律師

出版者：大塊文化出版股份有限公司

台北市 105南京東路四段25號11樓

www.locuspublishing.com

讀者服務專線：0800-006689

TEL：(02) 87123898　　FAX：(02) 87123897

郵撥帳號：18955675　戶名：大塊文化出版股份有限公司

總經銷：大和書報圖書股份有限公司

地址：新北市新莊區五工五路2號

TEL：(02) 8990-2588 (代表號)　FAX：(02) 2290-1658

定價：新台幣280 元

初版一刷：2007年4月

初版四刷：2011年9月

ISBN978-986-7059-77-2

Printed in Taiwan

MY LIFE IN SEATTLE II
MIAO-JU CHANG

我是代班的…

西雅圖妙記❷。張妙如。

大塊
LOCUS
文化

20元 的縫紉机

會縫紉的人最怕的一件事就是——別人找你改衣服。我自己的衣服都不怎麼改的，不論是袖子或褲管太長，一律都是摺短了事！因為車縫是一回事、拆線又是另一回事，我愛車縫，但我最討厭拆線！

我的朋友們其實也多數都很有良心，真的不得不找我幫忙時，他們都會說：

『不然你教我好了，我自己來！』

可是，有時候教人真的更是痛苦啊！好像看到巨人拿一根細針穿線，穿了十五分鐘，流了滿身大汗，線和針還是互相排斥，這時候沒耐心的我也只好一把搶過來，用五分鐘把它縫好結束。

可是就是因為這樣，自己又會陷入幫別人改衣服的狀態，而且後來還會認命，省去前面的雙方禮貌掙扎，直接就不囉唆地改了。

這就是之所以很長一段時間我沒有縫紉機，我也覺得很OK，因為我就可以理直氣壯地不必幫別人改衣服。

在美國，舊貨商店非常之多，有營利的二手貨店，也圖有不以營利為目的的舊貨店。

說句公道話，我覺得美國的資源回收工作做得不錯

話說，我哭矢一台縫紉机許久了，有一天，經過一家舊貨店，阿烈得終於買一台給我了！我完全不在乎它是舊的，只要它还可以用，多舊多髒都無所謂。

所以，照道理，我应該從此陷入女工無憂的世界，每天滾荷葉边、做芭比娃娃的衣服……

……

這台机器到底怎麼用啊…？

是的，我裝上線後，縫紉机也動了，但怎麼樣也車不出一條線在布上！我反覆檢查，發現只有下線的構造我不甚明白，它雖舊，可是卻比以前我學过的其它机种还新，因此，我不明白「新的机种」究竟該如何穿針引線？

好究竟是几零年代的人呀呵？

疑

反正，我學的机器和這个不一樣……

因為机器不是全新的,所以也沒有說明書之類的可供參考,我把原有的車針試到斷了後,縫級机就被我打閤置一旁了。

別說我浪費,我也是很努力地上網尋找使用方法,好不容易找到使用手册:

$15.00
BUY IT!!

什亥!?連訂都要錢!?我机器才買20元,手册竟然就要15元!!別作夢了!我才不要買!

除此之外,我还寫EMAIL去問老同学,結果也沒回音。我更想起另一个女人DANA,她也曾買一台二手縫級机,我也去幫她試过,也同樣有「迷惘的底線」問題,所以我到此為止,就決定暫忘它了。

我忘得了,有人忘不了。 才一週。

妙,我是想啊,我陪妳去那家店,我們問問他們該如何使用…… 這樣也許……

妳該不会是要我幫妳改衣服吧? 要不然怎会那亥熱心?

小姐,妳知不知道我現在稿子趕得連睡覺時間都沒了!还在和我說縫級机?有没搞錯

◎趕稿時別惹此人,要不然她什亥邪惡的心眼都会有!◎

會車衣服的人還有另一個通病——抱怨現在衣服越做越差。

我和我媽就常常抱怨現在做衣服的人越來越沒常識,比如說,布紋沒裁直,所以當你牛載褲褲管要抽虛時,發現越抽兩邊高低差越多,無法維持一樣水平。

如此一來就更加不想幫別人改衣服,因為別人不理解這些細瑣專業,總會以為你把他的衣服弄壞了!有些東西解釋起來也是又麻煩又費時,更討厭的是,別人還不見得相信你。

壞人!你窄吹毛!!

你中邪啦?

在美國很難能找到修改衣服的地方，通常只有一些洗衣店會有簡易修改，不像台灣很多百貨公司就有設修改部，再專業一點的，你也可以要求專櫃小姐將衣服送回原公司做精確細部修改。在美國因為尺寸通常做很多、分很細，所以修改就變得更難求。

喬治在哪裡?

前几天和朋友約看棒球賽, vivian 突然拿了一張一元要和我換。

換一元? 好啊呵

幹嘛? 我的一元比較值錢嗎? 还是妳的一元是假鈔???

我接过她的鈔票後看了一下, 也沒啥不同, 也沒比較髒, 唯一不一樣的, 鈔票上蓋了个網址:
www.wheresgeorge.com (喬治在哪兒?)
經過 vivian 簡單的解釋, 我才明白, 原來在美國有一群人在追蹤查他的一元的下落! 看他的一元經歷過哪些人手中, 用什麼樣的速度旅行…等々。
至於為何叫「喬治」: 因為一元紙鈔上面印的是美國第一任總統喬治華盛頓的人頭!

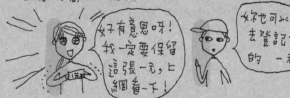

好有意思呀! 我一定要保留這張一元, 上網查一下!

妳也可以上去登記妳的一元!

結果, 当天吃吃喝喝搭公車又逛街, 我甚至在沒有知覺下就把那張一元花掉了!

我這个人實在神經太大條了吧? | 喬治一下就走了——

既然說到錢, 就來說說我刻苦克難的給自己現金的方式吧!
眾所週知, 我沒有在美國當地工作, 所以沒事當然不會有美金收入, 我的花用大多還是仰賴台灣發行的信用卡, 可是, 我還是有需要現金的場合。
在台灣, 由於委託家人幫我繳交處理帳單, 所以不管我的金融卡跨國使用方不方便, 我絕對還是留在台灣讓家人使用, 不可能帶到美國來。早期我通常就是麻煩家人定期幫我匯一筆錢過來, 不過常常讓不懂英文的母親跑銀行匯錢, 我也很過意不去, 也常會擔心錢匯丟了! 有時只急用個一兩百美金, 也不是什麼大錢, 卻還要這樣煩勞家人, 實在是太瑣碎了!

(next →)

網路銀行？網路銀行也沒有跨國轉帳或匯款功能可使用，凡是要跨國，就是得有人親自去銀行走一趟。

直到我開始使用ＰＡＹＰＡＬ——一種網路付款方式，我終於得到解脫。
我可笑的方式是，申請兩個ＰＡＹＰＡＬ帳戶，一個接連我台灣的帳戶，一個接連我美國的帳戶，然後用台灣帳戶付錢給自己美國的帳戶！就這樣，跨國匯錢終於可以線上完成！雖然ＰＡＹＰＡＬ抽去不少跨國手續費，但總算遠水可以救得了近火！也不必煩勞任何人出門。
就是這樣，只要我身上有現金，我總感覺都是「得來很不易」啊！

呼

還好網址很簡單記，一元雖被我花掉了，我回家後还是上了該網站去看別人的一元！並且了解一下究竟！

好吧——

世上什麼人都有，成立這樣的活動和網站的人，也只是為了好玩，沒人做過！

遊戲的方法很簡單，你只要上網登入成為会員，就可以把你手上的一元紙鈔的号碼登記上去，並留下你的郵遞区号以便知道起始処，登記完後，在你的紙鈔上留下這个網址，以利下面拿到鈔票的人，可以因而上該網站報告鈔票所在位置。

你可以自己去刻印把網址蓋上去，也可以自己寫下，當然我还看到有人用印表机來印上網址！

這些人……

閒著沒事幹，还破壞國幣——

遊戲規則是，你要盡可能像平常你花任何一元一樣，自然地讓它走…

嗯——

這一点，我做得非常之好呀！

完全無知覺——

不過說真的，就算這張一元不是vivian和我換的，平常之下，我不太会去理或檢視鈔票上的「字樣」，換句話說，如果沒人特別和我提起，我根本是不会注意到有這种事的！

基本上，我之前連一元鈔票印的是喬治都不知道！
萬一不小心被我拿到這樣一張紙鈔，我可能⋯

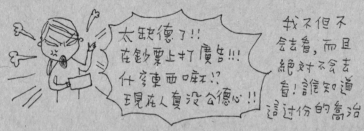

太缺德了！！
在鈔票上打廣告！！！
什麼東西嘛！？
現在人真沒公德心！！

我不但不
會去看，而且
絕對不會去
看！誰知道
這過份的喬治

在賣什麼膏藥！？我對美國生意人無孔不入的手法，早就
深惡痛絕！我一定會自動相信喬治是个討人厭的推銷
員！

喂！妳把我降
級也降得太多了⋯

我看了一些記錄，大部份人拿到鈔票都是找錢時找來
的，但其中也有一些蠻有趣的，例如有人是在廁所便池
撿到的；也有人收到鈔票还試图去湯熨！更有人留下到
此一遊的字樣！还有人打算用那特別的一元，去拉斯
維加斯賭錢！看來喬治生意做得还不錯！

最讓人覺得驚奇的，恐怕是「鈔票才是一个真正的旅行
者」從這裡到那裡，從那裡再到somewhere，不管持
有人是花錢花得沒知覺，还是謹慎珍惜一分、一毛、一元，
它永遠用很快的速度換手，很快的速度旅行！

所以下次，若你有机会拿到這樣一張鈔票，別忘了告
訴我們，喬治到了哪裡⋯⋯

*自己拼的樂高豬公存錢筒。

挪威訪客

好多人都問我，公公的太太為何不直接寫「婆婆」，而要囉哩吧嗦地寫成「公公的太太」？

因為很簡單啊，她不是阿烈得的媽媽，她是公公再娶的老婆，而且坦白說，連大王都不確定她和公公是否有正式登記結婚？

而且大王堅持我要直接叫公公的名字，而不必叫爸爸或什麼敬稱，我寫公公只是中文上的尊敬用法罷了，另一方面也是方便向讀者表達我和他的關係，其實私下就是「直喚其名」。

這星期，阿烈得的爸爸和爸爸的太太（不是阿烈得的媽）來到西雅圖了，與其說我緊張，我倒覺得自己是忙得頭昏眼花！

不要理他們，他們要自己學會在這開車！

啊，我來不及了，上班去了——

什麼？？？到底是怎樣……？？？你這狠心的兒子！！

是的，歐洲也有會開車卻不敢在它國上路的人，我不知道大王心中怎麼盤算的；但看公公遠從挪威來美國卻一天到晚在幫忙建造屋外甲板，我心中非常過意不去！（註：公公是專業的建屋者！）

來！我們來把木材搬下去……

小意思

抖

公公的太太驚呆。

我也要去上班！

大王上班不必搬木材！！

※ 搬了一天 ※ 全部木料都下坡了！！ ※

也因此，我家屋外的甲板進度突飛猛進，眼看就要完成了！

阿烈得还是不怨爹管父親的假期，我又好開始当司机！

三小時後，在這裡接你們！

好, Bye!

所以我的感覺裡，這几天不是在幫忙做工，就是在当司机，「文人」突然当「苦人」用，我的頭腦就变得很茫然，每天沾枕就睡……

我們沒有語言困難喔——

反正我告訴兒子什麼，他也不太理，反而女兒婦好用……

我有苦衷的……

是的，大王其實好巧不巧，剛好遇上一些麻煩，因為移民局進度緩慢，今年的工作許可文件一直都沒下來，突然間，他被公司的律師通知要立刻出國去美國以外的地區是是申請L1的VISA，最近的國外，当然就是加拿大！

什麼!? 要我獨自照顧兩老!?

不管妳能不能，我就是得出國……

← 其實，就体力而言，老的是我!!

但，這是前天的心情了。這兩天我發現麗英其實很簡單，她很喜欢逛街，只要把他們載到某ㄍ百貨区域，他們就可在那裡耗上一天不嫌累。

我沒想到，大王其實對我公公有芥蒂，因為他一直覺得公公疼愛我小姑而較不疼他！（竟然長大了還會計較這種事！）

我常常和他說：真可惜你沒有女兒，你若有女兒或許就會明白，這一切其實很自然，很多父親對兒子和對女兒的態度其實並不一樣，對兒子通常是嚴格期許的，對女兒則只希望她平安就好，愛的方式有點不一樣，但不能說對兒子嚴格就是沒有愛。

我更沒想到的是，大王聽我這樣說，竟然回我：

『有道理，為什麼以前都沒有人這樣對我說過？』

你是男人嗎？

男人心 自己不了嗎？

但是,,,

思擋牆再現!!

哈哈.... 抱歉,我又迷路了......

不要緊,我們也不熟悉道路,慢慢來.....

正好參觀西雅圖地區,也不錯......

我一直也不知道挪威人父子之間是以什麼大驚準為相待之道,我又感覺公公和麗芙已經不把希望寄托在阿烈得身上了,他要去加拿大似乎也沒有人關心......

後來大王也沒去加拿大,因為很巧地,就在出發當天,而且是在大王去機場的路上,那最後的一刻,律師緊急電話通知,說工作許可證下來了!所以大王又半路折回。

這麼快!?

在我們回挪威前,甲板多少完成吧!!

沒人理

孤單

我們都會很好的.....放心.....

我去加拿大撿楓葉了.....

好險一

進度飛快的 Deck!

＊Harald 及 Liv

按摩腿帶

我是ㄍ懶女人，因為上天的厚愛，雖然懶得動，卻也吃得不是很勤快，所以也不胖，只是体態不太均衡。

懶真不能怨誰，不過也仍嚮往有曲線的体態。在運动和做夢間，我們逃不脫人性的糾纏，我選擇了做夢，我買了一條氣壓按摩腰帶……

直線現代造型

請多多指教…

就是它！！

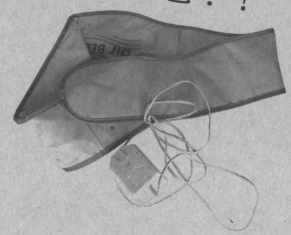

現在已經完全沒再用了
也不知為何還留著···

顧不了容人还在我家，我收到腰帶的第一晚就忍不住開始使用：

哪呵！它会充氣吧！這樣我就沒辦法躬下了！坐著多累啊~

側

躬下会卡住!!!

身

妳也懶得太狂了上吳!!!

我家裡有很多完全沒在用的東西，這條按摩帶是其一，呼拉圈是其二。

每次看到它們我都很無奈。

人之所以要買這些無聊的東西，不正就是因為懶，所以才盡可能找一些自己還願意做的簡易工具嗎？如果真願意辛苦勤勞健身，其實一毛錢也不必花啊，每天做幾個仰臥起坐，相信是最有效的方式。

可是呢，呼拉圈有人搖出毛病，傷了內臟；按摩帶有人用出問題，灼傷燙傷。最後的最後，懶人於是告訴自己：

　　多少做一點？我看不必了。

好像結果不是真正投入運動，就是乾脆一點也不需要掙扎，中間的方式遲早都會被證實有問題。

懶得太狂？誰說的！？我当晚可是勤快地按摩了兩回合！还強忍住驚恐！

天啊!!!

它一直充氣啊!!
要爆了!!要爆了!
它充氣停不下來啊!!

我要被爆傷了～
救人呀～
我不能呼吸了～

別吵了好不好!?

（阿烈得：解下來不就得了!!!）
（妙：那不就沒效了!!）　←　去死好，誰理妳！

結果当晚，也不知是腰帶的緣故还是我自己吃了什麼，我拉肚子拉得快脫水，從此就对的使用該腰帶很有忌諱……（我很不喜欢肚子痛!!）

賣你，20元就好……

可以治便秘……

当我白痴啊?!

而且,我沒便秘!!

雖說，我也才花25元買的，不過錢總是錢，不該隨便浪費。這陣子以來，不知是開車開太多，还是精神太緊張,在我右腿某處，竟

出現神經痛，每隔一陣子會毫無預警地抽抽痛，又快閃地消失，也不算很嚴重，就是不舒服。於是，我想起我25元的按摩腰帶，每天晚上睡前，就會裹上它，按個二回合！

說聲啊啊～身尚著也可以用一
沒買你後悔了吧？

誰後悔？我有我的老婆呀！

針灸按摩机。
※果然是夫妻……

腿彎曲起來就不会卡到。

這几天按摩下來，神經痛好些了，腿也沒拖肚子，又可以躺著按，我那條按摩腰帶自此變成按摩腿帶了，只是，还有一丟美中不足的是，它運作起來噪音还蠻大的！

昨天晚上，我聽到奇怪的声音，我想浣熊一定來過……野獸的呼吸……

大概吧

難以解釋。

每次經過健身房，我更是覺得誇張！
跑步為什麼要用跑步機啊？健身房人那麼多，空氣我相信根本不會太好，既然願意跑，為什麼要付錢去吸不新鮮空氣，而不去免費又有好空氣的公園跑？

你可以給我很多理由，我自己也幫忙想過，但我還是會說，我真的不了解耶。

不　　　　　解。

屋外下雨是我最能接受的理由…

惡魔之夜。

常常聽人家說起一句話「幹嘛？外國的月亮比較圓嗎？」，也不知是我錯覺还是怎樣，我真的覺得在國外看的月亮比較清楚，而且好像真的大一些。

我並不是常常看月亮，不過要在我家看到月亮真的不難，尤其晚上在客廳看电视，又要眼睛一飘，就会不小心就看到窗外的月亮了。

奇怪!? 今天的月亮怎麼那麼紅!?

会不会是个……惡魔之夜!?!

↑
無聊的節目影片常來深厚的想像基石楚!

我是一个没有色育的人，突然看到偏紅的月亮之後，竟然連已經看一半的影片也無心的留戀，馬上拿出我的數位相机猛拍數張，可惜只拍出一个紅影，根本看不出是灯还是月亮！

可是，拍出來还是紅的！看來今晚是个不祥之夜!!

真是夠了!!! ※

難不成月娘还來月經嗎……？

HoHoHo...

希望以後，若是有人要幫我寫書立傳，一定不要忘記說『張妙如平常是个懶散的人，可是当她一旦要鑽

入一個事件,她卻是ケ深入得很徹底的人……」

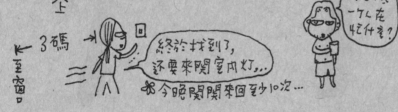

不会有人要幫你宣傳吧!少做這种夢了!
況且,你也沒有的那麼讚好不好?…

我,為了留下紅色月亮,竟發动了一年摸不到一次的天文望遠鏡!!!

天啊!這到底怎麼用啊!?你給我动啊!!

← 果然很少用,九成新!状況佳,只差沒吊卡,但盒子还在!附电动邊控器喔!

← 电动邊控器。

好不容易記起了操控方式,我卻怎樣也無法從望遠鏡裡找到月亮,自己在那裡手對了半天,完全忘記望遠鏡有附一ケ搜尋的準星這回事!

← 3碼

終於找到了,还要來關室內灯…

※今晚開關來回至少10次…

你到底一ㄥ在忙什麼?

我看到清楚的月亮了,还是偏紅,但,那又怎樣?我已沒体力把望遠鏡接上手提电腦,卻又想拍下紅月亮,這种肖想神也成全不了我,不過外星人大概勉強会幫我……我異想天開地把相机鏡頭緊貼在望遠鏡觀看孔,試拍了一張,發現竟然「有可能」!

哇!!可以吧……

愛麗你別想逃出我的監控!!!

但剛才手抖到了,拍得不夠清楚,再來試一次!!!

無耶的女人…

結果第二次試驗，我不知道是勞累過度还是怎樣，竟然相机对錯孔，去对到準星的那个孔去了!!

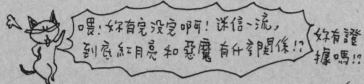

不愧是惡魔……
竟讓我犯下這樣的失誤!!

喂!妳有完沒完啊!迷信一流，到底紅月亮和惡魔有什麼關係!?

妳有證據嗎!?

有……就在我灯都閱好了，孔也没对錯，手也稳住不抖动時，才要按下快門……

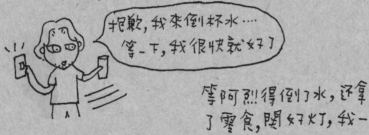

抱歉，我來倒杯水……
等一下，我很快就好了

等阿烈得倒了水，还拿了零食，閱好灯，我一按下快門，我的相机「剛好」就没电了!!要充好電会是明天的事了!……

都是你!被惡魔附身了!害我没拍到!!!

妳才被惡魔附身了啦!!著什麼迷啊!!!

呀L

果然是惡魔之夜!!

拜託喔！
別賴給惡魔了！
你們夫妻倆根本就是
什麼都要吵、
什麼時間都能吵・・・

※惡魔的紅月亮，從準星孔拍的……上面还有對準的線……

中西合併之驚恐料理

在台灣，因為几乎人人一出門就可以找到7-11，因此，要是在家突然肚子餓了，完全不是問題，就算沒有7-11，街頭巷尾也必然有攤販，絕不可能有大量儲糧之必要。

在美國，雖然超市也易見，但通常不是牢拖鞋下了樓就可以輕易解決的！因此，我每次去超市，總會盡量多買一些有的沒的，例如泡麵啦、罐頭湯啦、餅干啦，以備突然而來的小飢餓。

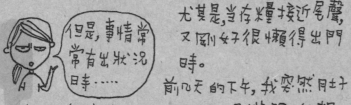

但是，事情常常有出狀況時……

尤其是當存糧接近尾聲，又剛好很懶得出門時。

前几天的下午，我突然肚子餓了起來，看了家裡还有泡麵和湯罐頭，我想，就勉強將就一番吧！畢竟要我特地再開車出超市，也很麻煩，还要順便加油（車子快沒油了），会愈扯事愈多。於是我想，最便宜的泡麵雖然很難吃（裡面只附一包調味包，沒有其它油包，和台灣泡麵不同），但如果用湯罐頭來当湯底，並該不会差到哪兒去……

· 去掉無聊調味的麵　＋　奶油香菇湯。（西式）

我常常和大王說，台灣的7－11做得比美國好太多！美國的實在是無聊之至，因為跑過歐洲後，我覺得歐洲的7－11都做得比美國好，日本的也不必說，該具備的基本便利也絕對少不了。

結果起源於美國的7－11，反而在美國最沒看頭！我覺得最大的差別在於小小的流行感和熟食的新鮮度、多樣化。美國的7－11還很傳統，商品並無任何特殊性，一般坐落於住宅社區馬路，只能說是人們在超市忘記買的一兩樣東西的近處救急站，或是路上奔波的駕駛的小小補充站，除此之外，並無特殊之處。

我記得7-11的廣告好像有一个是吃泡麵加菜的吧？廣告上加的菜是雞腿，實在是很有料；在我的冰箱中，「台灣罐頭專櫃」裡，只剩一瓶豆腐乳和一瓶辣醬瓜，一个人在國外吃泡麵，怎能不加菜呢!? 沒腿豆也好，都是蛋白質，所以，我挖了一塊豆腐乳，終於，恐怖下午茶組合出現了!!

豆腐乳

奶油香菇濃湯麵

看起來好怪喔……不中不西的，這樣吃，会不会死人啊？……

我對吃真的很隨便，經常只是因爲肚子餓要找一些食物來塞胃，找到什麼是什麼，我才不會在肚子很餓時，還想著「除非XX否則不吃」。
就是因爲太寧濫勿缺，我真的吃了很多奇奇怪怪的組合，軟麵餅皮（TACO）夾洋芋片，我還會安慰自己那是士林夜市的大餅包小餅！真是隨自己高興想。
但，就是因爲這樣隨便，我真的「非常偶爾」想起要吃什麼時，反而有一種非要吃到不可的決心。

我先從安全的奶油香菇濃湯麵下手，一面吃著麵，一面看著豆腐乳懷疑著，遲遲下不了手，要吃？不吃？真是个痛苦的抉擇啊——

吃了吧!! 再怎樣我也是台灣人，不能忘祖啊!!

說不定豆腐乳很配，是絕妙地好滋味……

該怎麼說呢？‧‧‧‧‧

飛天好味 吧‧‧‧‧‧

令人驚訝不休的組合‧‧‧‧‧無聊生活之
必備。推荐

我承認，我的懶惰指數確實比一般人高一些啦！
不過在美國沒有出門就7-11也是事實，我經常是
找得到什麼就吃什麼，麵包夾奶油加辣筍，這
种振奮人心的三明治我也吃過，还可以維持一
整个下午的好精神！

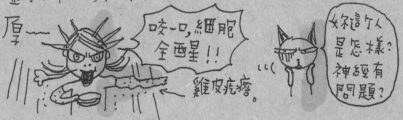

厚——

咬一口，細胞全甦醒！！

雞皮疙瘩。

妳這个人是怎樣？神經有問題？

不！我沒自虐狂，神經也水，我只是非常沒有烹飪
直覺，就像音痴一樣，我通常都是以為A+B弄在一起
「可能」还可以配吧？「还不至於太差」吧？從我还
会「猶豫」吃不吃 這点來看，我真的也不是一点常識也
沒，只能說是天份極差。

原來！‧‧‧‧‧
我每天都在
鋼絲上过
活！！

天——

安啦—
我煮給你吃的
，都是按世間媳
婦常理來‧‧‧‧‧不会
「乱創作」啦‧‧‧

以前對美國的食物了解較少，
通常求便利我會吃各種冷凍微
波套餐，但我現在也找到另一
些便利愛吃的食物喔，已經不
太買冷凍套餐了。
我最喜歡的是罐頭可頌——一
種類似罐頭包裝的冷藏製好的
即焙可頌（也有其它麵包類可
選），只要打開它，放在烤箱
裡烘即可。沒什麼比得上剛出
爐的麵包，那麼熱軟美味。

我也喜歡加水就煎的PAN—
CAKE，塑膠瓶裝，只要加
水進去搖晃，就可裡直接倒出
來煎了。
而且這兩樣東西都容許你自己
再加工，例如你可以買罐頭普
通麵包，自己在烘烤前加入肉
鬆，就可以成為肉鬆麵包，或
是在上頭灑蔥花鹽巴，變成鹹
麵包；PAN—CAKE可以
外加水果或捲入自己的餡料，
變成可麗餅之類的。
這兩樣是我目前最愛吃的，當
然冷凍雞塊包我也常買，煎一
煎就可以吃了。

讀者來訪記事

我和阿烈得都不是好客之人，雖然，我們也不会攻擊客人啦！說來，就是完全不会招待客人，怕「無聊」了別人！！

我來西雅圖後，從來沒机会招待親人（沒人要來），讀者倒是來了兩个，不，嚴格說起來是一个，还有另一个是讀者的妹妹！

我這方的

讀者的妹妹來了西雅圖吔，你要不要和我去見他們？

讀者的妹妹？？？ ←其实是一个人無瞻。

好呀，那妳今天乾脆和我一起去上班，晚一点我們一同过去……

結果，大大出乎意料——

完了一車子發不動力

死了！她們人在外面，又沒手机，怎麼聯絡？……我們又不在家，沒別的車可換！！

很快的，「第一次」就放人家鴿子了！直到对方怎麼都等不到人，才打電話來了解了這一段「感覺不太好」的內幕。

下次絕不要和別人約在室外……

經驗

後來大家東切西招，好不容易又剩下一个傍晚
時間……，這回約在对分飯店，連絡容易，終
算順利遇到了！

太感謝了

後來在附近
的PUB

我姊托我
會這本
書送你

↑
好乡也成了
一个作家了喔！

艾微兒
之妹，姝之支。

← 不知要
做什麼，猛喝……

余文馨（Daisy）
作品：
希臘單人舞
孤單時別回到愛琴海

這一段說起來也不算「招待」，只是碰面，那一次
很不幸地，「最適合四人坐」的車子壞了，所以也無
法載她們去哪兒，甚至來我家……还好大家还聊
得蛮愉快的，而阿烈得也順利給人「酒量深不
可測」的印象。

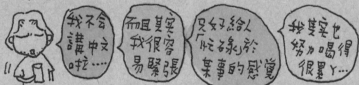

我不会
講中文
啦……

而且其實
我很容
易緊張

只好給人
「忙各乎於
某事的感覺」

我其實也
努力喝得
很累ㄚ……

然後，前一陣子是一个正牌讀者來了，Nancy的不幸
处在於我刚好有那威公公也來訪西雅圖，因為
時間有重疊到，最後也是只有一天相处的時間……

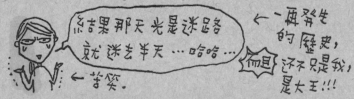

結果那天光是迷路
就迷去半天……哈哈……

← 苦笑。

← 一再發生
的歷史，

而且还不只是我，
是大王!!!

我們這對夫妻真是迷路夫妻，我本來就怕這樣的事上演，才找阿烈得，沒想到，还逃不过這了惡夢……

我有去过
回繞了一大圈……
口可呵呵……現在左边的地方，就是貝樂芙…
西雅圖的路實在太難了…
← 遊覽車小姐（意外客串）

最後，把Nancy載到我家，只提供了人家一杯可樂，就軟禁了她一下午……

其實只有一瓶，倒成一杯，一人一杯

等一下阿烈得回來，我們一起去吃飯……

沒關係，我很健談……

↑迷路之後，大王自己一人逃去喝啤酒了。

好不容易，我想以一頓晚飯彌補我這極差的待客之道，結果，竟是超乎意外中的意外！

不会吧…
嘔
← 有客人（还坐我們旁边）嘔吐…
…我講話会不会很慢啊…？
天呀一竟然发生這款事…
但，最糟的，我竟然完全無知覺！（事後才有人告訴我!!）看到沒？
← 也不知Nancy看到沒？

天殺的是，最後載Nancy回她阿姨家時，再次地迷路了……我只能說，想到西雅圖找我的人，大家自求多福了，我和大王是待客白痴……而且就況可能不僅之如此而已……

神秘的ＥＭＡＩＬ！

前幾天我檢查個人網站的ＥＭＡＩＬ時，發生了一件超級奇怪的事！

頁面上顯示我有三封未讀新信，我點入第一封，發現是垃圾信件，立即刪除，刪除後頁面（理應）自動跳到下一封，我順道也看了，是封在美國的讀者的英文來信，但是，我習慣每次都按回原頁面，再由信件排序重新點入閱讀，所以此時我預計的畫面是：當我按回原信件排序頁面時，它應該顯示我只剩下一封未閱讀信件（一封垃圾刪了，一封我順道閱讀了，應該還剩一封）。

可是畫面不是這樣顯示的！它仍然顯示我有兩封未閱讀信件，奇的是，這兩封都不是我剛剛看的那封英文信！

我於是想，第一封垃圾被我刪了，所以搞不好它顯示的下一封是放置於垃圾桶中的信？於是我跳去檢查垃圾桶的信件—沒有！垃圾信都還在，但沒有那封英文信。我再跳去檢查資源回收筒—沒有！電腦過濾掉的信都還在，還是沒有那封英文信。我再跳回收件夾中的信件排序頁—沒有！完全沒有那封信存在！

我非常肯定我沒有老眼昏花！那封信確實是讀者寄給我的，而且還提及她在西雅圖工作！還希望我們有時間能碰面！但是我的信箱各處就是再也找不到這封信！

天啊！微微夫人，我該怎麼辦？・・・

加油吧！胡迪妮

几週前，阿烈得的同事瑪琳達聊起她有收到某个机構的邀請函，該聚会有晚餐供應，地点是在一家義大利餐廳……

不錯的餐廳吧！要不要免費去吃一頓？

好呀！去試々也好……

好呀，蛮有趣的——

這些人經濟狀況這麼好，卻仍想吃免費的……哇！……

所以，上週四，我們就一起前往該餐廳（当然要持招待券和邀請函），没有人的目標是知該組織有任何閺聯，純々粹々地，我們就是計劃去免費吃一頓，然後想辦法全身而退地走人。唉…勉強地說，只有瑪琳達小姐算得上適齡，好吧！大王也可極勉強地算「有計劃提早退休」的款，突然間，我对要白吃這一頓感到很心虚，我到底算什亦???很明顯地就是去白吃的！

当天

妳這樣看起來一点也不像要退休的人…

?

青春打扮。

退休？為什亦要此上退休？

這是退休計劃的公司辦的晚餐会啊！

什亦?!退休!?我們会不会看起來太肖連?

过份！連要白吃誰都没打聽清楚！

好吧！事到臨頭我只好盡力假裝成是个年輕愛玩
沒知識的太太了（所以老公須要提早做完善退休計劃）
，要不然，搶錢的情婦也可以……

現在回想起來，
當時大家應該都是去
白吃一頓的‧‧‧
股神巴非特我是當時
第一次聽大王提起，
但是現在想來，美國
人不知巴非特實在是
更扯，已經不能和對
理財沒興趣的我這個
外國人比了！我雖不
理財，但如果人家提
起王永慶，我好歹也
知道吧！

沒錯，愛理財的大王，不但遍讀財經
群書，連美國的歷史也沒比美國人差，他簡直立刻就引起
專業人員的注意，雖然我深知大王理財有自己的一套，
是不可能假手他人的，因此那頓飯我吃得很辛苦……

眼看那景況，我除了思考如何抽身，內心裡也默々想著大王學生時，書一定唸得也不差，必然是老師教授們的心頭寶……心頭寶……

到了我這個年紀，有時候還真是會想「老年該怎麼過才好」的問題！（經濟上）

爽快！太爽快了！爽倒明快的脫身，簡直比美胡迪尼（脫困大師），應對回答之悠然，也不輸陶淵明啊！儘管這世界，看來只有我這愛花錢的太太還有一點羞恥心……

每期樂透都買買看？…

會後，我們三人一同前往一家PUB喝一杯，也許是之前的延續效應吧，大家的主題還是繞著理財。

※因為完全都聽不懂，所以狀況很有趣。

對理財完全沒規劃的我，聽了一晚財經也還是不会多富一分，不过我想，如果像這樣多白吃个几頓，大概我也会省下不少吧？加油吧！胡迪尼！

華麗演出。

過去我已經對大王一个人有四輛車深感不滿了，但最近，我已經從不滿已經修練成佛了一看破紅塵了，以免内傷吐血而亡。

因為大王繼在歐洲買了車後，回美又買了一輛**大卡車**！

拜託喔一我要載木材吧！

地球實在太擁擠了，我要回火星…

各·位·讀·者·請讓我為您圖解大王為了做一个屋外甲板買了些什麼吧！

全自動水泥攪拌器!!

水泥工的愛侶！為您攪和水泥及和水和石，完整溶和，絕對平滑細緻，附輪子，讓您走到哪拌到哪！拌您一生～～

超粗鑽地机!!

專業地基製造者最愛，双叉扶手設計，讓您和您的伴侶互相扶持鑽到天亮也不累，共創美好回憶!!

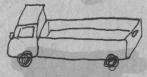

Pick up大卡車，美國家庭必備良車，六尺豪華大容量，可載您的全部家当走天涯，批！勇！猛！

小橘現在幾乎埋沒於草堆中
· · ·

我常懷疑，即使是一个專業工人的伊配備可能都沒我們齊全，更何況，我們的甲板都已經接近完工了，那多次運木料的艱難都渡過了，竟然在尾聲時還買大卡車！

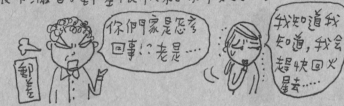

車庫都放不下了！你至少賣掉那輛美國大古董車！

可是那是人家在美國買的第一台車，充滿回憶……

終於，我們開始佔用了道路，大卡車無論如何也停不進車庫了，只好停在門外路旁，我知道，或遲或早郵差或垃圾車一定會來抱怨我們妨礙工作，果然，對我很不滿的郵差很快就來按鈴了！

你們家是怎麼回事!? 老是……

我知道我知道，我會超快回火星去……

調 美國郵差或垃圾車都是開車服務的，而且如果路況良好也沒包裹，大都可以坐在車裡工作就行！不需下車，因為郵筒或垃圾桶都設於路旁或放置於路旁！

所以說，不單是郵差覺得很不方便，就是我自己都覺得快瘋了，家裡的倉庫空間都塞滿了這樣的大型机器，我說，人的一生有几次机会會去需要攪拌水泥或鑽地基呢？

賣給日本黑道大哥好了…他們喜歡把人沈到東京灣

可能對他們而言這比較實用……

果然只用那麼一次的地鑽‧‧‧

然後呢，也因家裡車滿為患，我已經好久不能開出我的愛車了⋯

算了吧⋯

神啊⋯請賜給我一点容忍的美德⋯

另一台停在路邊的卡車⋯⋯

事隔幾年，現在「車隊」的成員也有變動了。大王在美國的第一輛車終於送出去，然後原本一台 LAND ROVER 也賣出去了，換成一台 BMW 家庭房車。

卡車還是在就是了。

晚娘

你是怎樣!?一次可以開2輛車是啊!?如果是，乾脆給我去世界巡迴表演!!!

老天有保佑這种鏡頭畢竟还是只有在我腦中采排而已⋯

前一陣子，大王突然又提起想買一台小型的「怪手」，可以想像我聽了有多惶恐！我只希望這种事永遠不会發生，不过，如果萬一真的發生了，我想我的采排可能会有派上用場的一天，要不，如果我的容忍力真的可以那么超越境界，我可以考慮自己去世界巡迴表演⋯⋯

美國神木鼠．

又名：神祕的東方人。

在美國上班是怎樣的情況呢？我不是很清楚，因為我從來沒試圖在美國找工作。不過我確定的是，壓力也很大。

包括大王已經在身微軟服務滿14年了，他和他的同事們，還是經常擔心突然被解僱！

據瑪小姐的說法是，她可以感受到上司不喜歡她，她若不這麼做，一定很快就被解僱了，這麼做算是一種「避風頭」。

我受不了，我要留職停薪了，醫生願意出面證實我的精神壓力太大……

瑪小姐 年資亦有十年。

而大王亦常被上司的態度困擾，凡乎上司如果秀出一付不滿意的樣子，大王就會疑神疑鬼……

我如果被解僱了……妳會養我嗎？……

到時就和我回台灣，你可以去教英文……狠

我想，主要「上司的態度」會讓他們覺得這麼重要，是因為公司一年兩次的考績，取決於上司對你的評價。不過在我這行外人看來，我覺得大王和他的同事都太大驚小怪了！

結果瑪琳達在留職停薪半年後，自己正式辭職，她說她覺得不上班的日子心情很輕鬆，她感覺值得。

但是，上個月我們碰面，她突然又希望回去上班，也很希望去大王現在的單位，不過大王卻無情地說：

『現在人事全非了，妳根本不可能回得來。』

我聽了也是一陣大驚，怎麼說得那麼絕對？但原來，他們內部這些日子以來，也不斷重整改組，現在已經不需要、也沒有當初瑪琳達那種工作性質的職位了。

我感覺瑪琳達有點失落，如果她當初沒有辭職，或許上司和公司在做調整時，會設法將她編入別的職務組別，也可能送她去進修學習別的事物，畢竟她年資也很長，但她那時選擇離職，就是選了‧‧‧

結果大王的新上司真是個溫和的大好人，我覺得大王好像還有時會欺負他？

神棍出道

是的，我覺得我默默踏上神棍之路已有一段時間了，大王前一陣子換了个新上司，还特地請我去看看对方的「相」！

神棍如果說話不会被相信，那就当不成神棍了。
說起來，我成為神棍也是有典故的…
我不但自認為自己識人的能力很佳，認識我的朋友更常認為我擁有毫無道理的堅強自信，好像我只要十分堅定地說「免驚」，就確保了大家的安全？

大王微軟辦公室，首次公開。
果然也沒什麼科技配備感‧‧‧

真實的狀況是：我認為天塌下來也不会死人，如果我猜錯了，最糟的狀況下，頂多是降級或換組，這些人不至於失業！因為他們通常只是沒信心，不是真的能力不如人。

当然我还有一个特長是，因為我很会自我保護，通常我很可以感覺到哪些人特別具有野心和攻擊性，坦白說辦公室的权力鬥爭很簡單，就是不要和那些有野心的人有關係，不必成為他的敵人，也不需要成為他的朋友，這些事自然不会來煩你。對强者來說，擁有权力能擁有更大的空間和自主性；對愛好和平的人來說，愈不起眼空間就愈大。(沒人理你)

我說了，我是神棍，神棍說的話不一定是真的……

不負責

还有，不可思議地，大概因為我外交溝通还不是很好，憑眼睛，我竟可以看出一個人想要「秀」你什麼…

最近會可我們部伶好像有什麼事情 going on，真不知是什麼？…

問C小姐，她肯定早已打聽出來了……

她秀出這能力

結果因為我的料事如神，大王和他的一些朋友真的對我這一年去做禮拜不到三次的東方人，充滿神秘的想像，正式將我推上神棍之路，我就靠這「巫術」有了一些朋友……

你老婆連布希会連任都猜對了吧，她是不是有巫術？

佛教算不算巫術？我只知道她信佛…

不知道佛教是什麼的人

算了吧——
別当真！
我只是希望你們
不要想太多，如果真要亂
想不可，

至少要像我
一樣，想好一点
的…

偷
吃

我最近有點不是很平順，前一陣子平息了的牙痛又蠢蠢欲痛起來，还又巧逢每月一痛，這一上一下的交流、呼應，簡直讓我成為一个处於爆炸边緣的女性！

砍頭好还是先切腹？
阿妹－
大哥－
※隔颈唱山歌的疼痛愛侶組。

不只如此，我还很飢餓！並不是我在減肥，而是經痛通常讓我吃什麼吐什麼，因此每逢月經來，食物对我而言只是观賞用。更何況我还牙痛，這时進食可能就是一种自殺的行為！

(((我是戰場…
我是戰場…)))
查你們
我就執行
三害誰打贏
誰的命令…
自我催眠

結果恐怖的飢餓勝出，我雖知道下場危險，还是拎起一包小餅乾保守地吃，低調地吃……果然疼痛愛侶組捉狂了，從唱山歌演變成大型体內交響樂，痛得我差点直接昏过去！我決定把命運交給止痛藥！

拖著疼痛的身体，對吃藥從不苟且的我一向堅持要有水，好不容易撑到倒了一杯水，卻又發現我的

藥丸不知放到哪裡去了,從二樓找到一樓、再從一樓爬到三樓才終於在大哥和阿妹的交響高潮中找到藥罐,忍住亂箭往鑽、萬炮亂炸的瘋狂疼痛世界,我吞下一粒和平的藥丸……

"口

我家為什麼要有三層…?
人類為什麼要有牙齒…?

娘!我好累……

日 水杯為什麼要拿在手上從樓上到樓下 再到樓上……?

我多愛好平靜啊!但是就在這一刻,我突然記起今天清潔婦會來!啊!為什麼偏要今天!?
我一刻也撐不住了,反正清潔婦有我家鑰匙,我決定把自己鎖到客房裡,假裝我今天不在家!

因為客房是我工作的戰場,常弄得很亂,因此有無數次記錄,我們曾要求清潔婦不必去掃那一間!

臨昏前解說

好不容易四隻腳爬到客房門前貼了一張告示後,我終於得以倒下了!
好厲害的神算!
我才剛好倒下去,清潔婦就來了,如我假裝的,她果然以為我不在家,開始乒乒乓乓地掃起來了,一片乒乒乓乓聲中,我竟然還聽到乒乒乓的聲音……

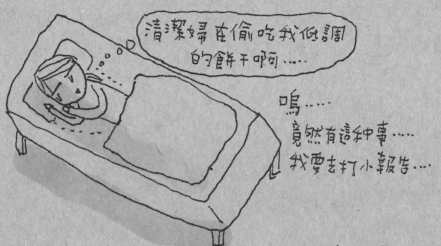

清潔婦在偷吃我低調的餅干啊......

嗚......
竟然有這种事......
我要去打小報告......

八卦話題

我的智齒們,因爲牙醫說太難清潔到了,而且老是因爲這樣牙痛,所以這幾年來智齒幾乎全都拔掉了!
但是,爲什麼我不像那些女明星們有瘦臉小臉的效果出現啊???

不怎麼公平?...

我本來想撐到回台灣再去看医生,現在看來唱山歌的疼痛愛侣組已經不能再忍了......
睡眼睡前最後一秒聽到的,还是窓窓窓的餅干聲,我決定明天一定要去看医生,雖然,明天是我生日......希望生日快樂了......

稍晚

我的餅干 →

奸詐!
吃得看不出痕跡──

PS/怎麼每年生日都在牙痛啊?不會變成一種"年經"吧?

時空。

每年12月初,本应该是我這季星最快樂的時候,不過因為我家大王生日和我只差5天,所以同時,我也老是為他的生日禮物煩惱!

煩～

搞什麼呵呵?乾脆各人自己送自己生日礼物好了!

当然我沒那麼沒情趣!我今年在西雅図訂了一間五星級飯店的套房,準備当天雨人假裝是來西雅図玩的觀光客!雖然,其实也不用假裝,我和大王本來就很少去市区,在這裡雖各住了八年多和年多,對西雅図市区就是陌生得像觀光客!我会訂那家飯店並非因為它是五星級,而是因為它是有歷史的老飯店!

我有一本名叫「西雅図的过去和現在」的相片對照書,每次經過西雅図一些至今仍存在的老建築,很難想像,自己可以和書中那些穿古裝坐馬車的人,置身於同一个地方,更別説住進同一个飯店,住他們住过的房間了,我对這樣的「時光机器」向來有極大興趣!

果然不愧是和我同日生,大王得知他的礼物是如此,高兴极了,我們立刻盛裝去時光机 Check in !

晚餐就讓我來付吧!你前几天生日牙痛也沒吃到好料的

太好了?! 嗚嗚嗚...我必財庫破到谷底了.....

← 毛毛復古鞋.

感激阿...

以前大王最愛看新聞，尤其是政治新聞幾乎都不會錯過。但最近我卻發現到，新聞他只看氣象，氣象看完就趕快轉台。
「咦？你現在都不看新聞了耶！」我說。
「太亂了，太累了！不想看了。」他答。
我嘆了一口氣說我也是，我也覺得實在太累了！吵來吵去很煩！好幾個禮拜都不看台灣政治新聞了！
「看來獨裁國家最安寧，都不必吵，一個人說了算。」我下了這樣一個結論。

「但是你會不會搬去非民主國家住？」
「死也不會。」
「我也是，生活物價再便宜都不去。」

於是当天下午三点多，我們進入飯店房間，房間感覺說不上豪華或現代，不過家具仍看得出古典的雅緻，一晚一兩萬元的奢華（台幣），讓我有点失落，不過錢都花了，我們決定開香檳來喝……

你知不知法國、德國、義大利一直想要解除对中國的武器禁運了

他媽的愛好和平的騙子！！

欧盟只会批評別人！自己屁股也不擦乾淨

妳不要晚餐都还没吃乾喝酒醉了好不好了！喂！……

——週遭一切

古典

在大王提醒下，我立刻就警覺了，開始小心翼翼讓自己在控制之下，沒繼續醉下去。
晚餐非常美味，果然不愧是七千多台幣的价值，每一滴醬汁都讓人不願錯过！用完餐我們立刻去到大廳一角的雪茄口吧，想今晚不會必開車回家，当然就又補充了体內酒精濃度。
在一切莊嚴、古典、華丽（飯店大廳和餐廳比房間豪華許多）溫馨（聖誕大樹都佈置好了）的氣氛中，大王突然發難！

我也覺得…

看之美國人做了什麼！多可恥

那老兄，你的話真僂羅！

我受了了…

↑美國人。

↑印度人。

完了！大王喝醉了！

不知為何喝醉的人總愛講政治？總之接下來是挪威人大戰印度人和美國人，這回我倒很清醒，我從頭到尾沒說一句，只是靜靜地聆聽著三人的對話，好笑的是挪威人看起來更像美國人，美國人則不那麼贊同自己國家的做法，至於那行印度人，我只想問他，如果美國這麼恐怖，他為何要移民到此？

　突然之間，服務生服務地超級勤快，不時來倒水及做各種想不到的服務。

救人啊阿！我總不能問「先生，要不要擦乾吧？」

中東男人打老婆變多了？那是因為女人終於可以說出了。

桌上多好多東西啊⋯⋯服務生一定是怕他們會吵起來吧？

以前是挨打了也不敢說出來！

Well，大家都多慮了，事實上大王確實很唐突，不過並沒吵起來，最後變成比較像是互相討論。美國女人意識到我沒怎麼說話，悄悄走到我身旁問我的意見。

我知道美國做得不完美，不過我亦知道很多國家想當世界的領導，而他們不會做得比美國更好⋯⋯

至少，很多美國人，像你，你們都还会自我批評、反省⋯⋯

⋯⋯謝謝⋯⋯我也支持台灣⋯⋯

不久之後，大王就被我拖離現場了，不是我怕他和印度人吵起來，而是討論到後來我覺得狀況變好了，並當告別了。

結果回房後，大王醉倒在沙發，直到清晨快天亮才猛然醒來，上床享受房間的舒適不到5小時⋯⋯

一個雙修的故事

綠卡通過的通知書，是先郵寄到家的，所以收到通知時，你當然可以確定綠卡通過了，但是正式領卡是另一道手續。

首先你當然得準備照片，然後再和移民局預約辦領卡。以前我很呆，我一直擔心要面試，因為我這裡的朋友嫁給美國公民的都要面試，以防假結婚拿綠卡。直到我們去領卡時，我才知道我根本不必面試，因為我老公不是美國公民啊，他自己也是要領綠卡的人！

從我之前在自己網站報喜訊說我 綠卡 已經下來了，到今天有二个月之久了吧？其實，我还没正式領到綠卡！(打雷助陣！)說起來,這故事有点誇張……我們夫妻倆共締的懶散成績可真是優異到不像話！

早在九月份去歐洲前，大王就先一步收到綠卡核准通知，当時我就建議他回挪威時,順便辦一本新護照！

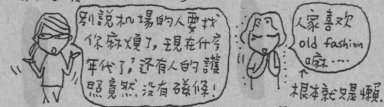

別說机場的人要找你麻煩了,現在什麼年代了?还有人的護照竟然沒有碼條!

人家喜欢 old fashion 嘛……

根本就是懶.

不是只有美國海關要找麻煩,事實也是同一本「十年」有效期限的護照也快要到期了。

結果在我含蓄的壓力下,挪威之行还是無功而返,大王还是用那本快散開的護照回美。然後,我也收到我的綠卡核准通知了。別說它到去把綠卡領到手了,光是安排我們夫妻一后去拍大頭照就耗去一个月!

我今天心情好可以拍哦

諸如一

不要,我今天丑得化妝妝

別等我了,妳自己先去拍啦!

得了吧!我們苦不一起去,你一个人不知会拖到哪一年?

此類一

最後阿烈得終於拍下臭臉大頭照,一个月就這樣去了……

接下來又是上頁重演，歹戲拖棚……（只是項目從「拍照」換成「去移民局辦公室」，天下像我們這樣不積極的，大概很少。終於，微軟的律師也受不了了……

律師來依娃兒說「強烈建議」4只去辦！

也好，畢竟你的護照也只剩半年多期效了…
→這才是我們的重點！

僅管如此，我們懶散相傳的夫妻組，還是又拖了好幾天，終於在今天決定出閘了。去移民局的途中，我還在計劃，要把這回的故事主題更改在大王的懶散

拜託喔！昨晚你才讀了「先知」，其中罪與罰不是有說，

我會跌倒摔也是因為在前面走得較快的你，沒有把路上的石頭移開嗎？

我不是詩人，我只是凡人一
你去叫紀伯侖移石啊！

我原本以為今天終於会拿到綠卡，結果真是大出意外！

暫停服務

怎麼回事！？

好吧！這事證明天理是存在的，懶情還是有報応的！我雖有点生氣，但也不敢囂張，誰叫我不動快些，早や把它辦好！

我一不做二不休（其实是不想再改天，還要化妝一次多麻煩！）決定再跑一次總局，

※註：這是地區的辦公室，4類人夫妻當然懶，就請律師提供最近一処的辦事处，並非總局之類的。

辦綠卡的許多過程我到現在還是不清不楚，因為我們自己不急，微軟律師很急，只要他一催我們就一個動作，就是聽令就是。
而律師為何急呢？因為大王若沒有綠卡就要不斷依年限續簽工作簽證，這也是律師要處理的，與其在那兒不斷搞簽證，當然不如一勞永逸地拿綠卡。

我只記得我拿到綠卡的第一個想法是：
啊？怎麼不是綠色的？
（綠卡是白色的喔。）

大王雖覺麻煩，也是不敢不從，畢竟，如果說我們夫妻是双修（修懶工功），他才是真正功力於我之上的主修人，並不是我謙虛，或是女家了人後以老公為天，禪讓了多年的經營，請看我附圖就很清楚：

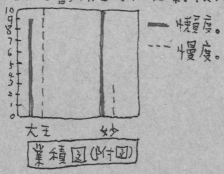

—— 快度。
---- 慢度。

大王　　妙

業積圖(附圖)

我就吃虧在我有秒殺的实力，要不然光說4賴，我也不輸人！

好吧！資料說辦公室開到下午2:30，我們好不容易花2桌15分抵達了，我一直幻想著，再過几分鐘我就可以擺脫這件懸案了！多好！……

我們的新大樓為您服務……

很好，但是新大樓在-哪？別說告知住址了，上頭連个電話号碼也沒有!!!

2桌30分就這樣成為歷史了。

双修的結果就是，我們到現在还是没正式拿到綠卡，律師忍無可忍……

移民局室在世太不清不楚了吧!?搞什麼……

這樣我又得再出門化妝一次了

就是嘛……吧……啦吧啦……

←且加陣。(暗暗)

這樣妳今天就不会把重臿放在我4賴這件事上……

回家上網查才看到，地方辦公室正好在「今天」閉始才暫停服務的，真的是自食惡果最佳要範……

只要拍上這些法律文件，

永遠是讓人搞不清楚啊

聖誕前夕。

今年聖誕節，对我來說和往常最大的不同是兒子們從荷蘭來美國，一起和我們过聖誕!!

這也有道理，那也有道理

以前看過一篇文章指出，我們應當正確使用名詞，該作者認爲所謂聖誕是耶穌的生日，所以我們一般其它教教徒不該說「聖誕節」，應該說「耶誕節」，因爲各宗教的「聖」不一樣。
很有道理，有好一陣子我都改說耶誕節。

事隔好幾年，在另一份刊物看到另一篇文章，該作者又說耶穌願意爲世人贖罪，確實是個聖人，就算我們不是基督徒，也可以認可這樣偉大的作爲，尊稱爲「聖」沒有不對，心眼不必那麼小，世上偉人很多，聖人也不只一個。也很有道理！而且我信仰的佛教也並不排擠其他偉大的聖神。

其中最遵守警告的，只有我公公，他寄來著色簿和色筆，是所有給兒子的礼物最符合規格的一包。奇怪了，為什麼我知道礼物的內容呢？还不到聖誕節吧！

為了延常礼物生存之寿命，我和吹王可以說是賣老命知兒子玩，讓他們的注意力從礼物上移開

好在，孩子們因為还沒從時差中完全調整過來，通常下午6,7點就必然睡死了——

因為有孩子在，我和大王的电視影片看一半，到12點也強迫捨棄而上床，以免隔天無法早起——

清晨2:30!!兩老只睡2小時....

托比的定律是:只要他醒了，沒人可以再睡懶覺了!!

這一篇是 2004 年的聖誕，到了去年 2006 聖誕，孩子們畢竟已經長大些了，他們自己起得較早，就比較不會要大人也要跟著一同起床。
但是啊・・・
愛傳輕手輕腳地拿著他的樂高上樓玩，還不忘記體貼地把房門關上呢，可是因為他太快樂了，一個人邊玩還邊高興地唱歌 ~~~

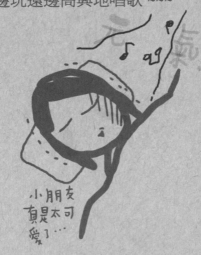

到了清晨三點半(半夜吧?)我們也吃完早餐,我竟難
得地做了十年來第一次的「晨間」運動!

喝～喝～

呵呵

呵呵 意思來了～

←白葉木
門也犧
牲了宝貴
生命!!!

快擋住!!

Hi! 不如大家身尚在床上
一起看卡通吧?

真是美好的意見,可是呢!平常喜愛卡通的兩小,遇上美
語卡通竟然光趣缺缺,勉強看了20分鐘就破功了!接
著演出的是泡澡的戲碼,好不容易把兩人安置在我台
灣買來的桧木浴桶,兩人不洗自己卻倒刷起木桶來!

浴缸应該是白的
嘛!呀那是這種
色:

我們來用力刷
刷看!!

最後,下午一點,孩子們的母親來了,因為另有行程安排,來
接走孩子,要一同去拜訪具會他友人。

他以為
這間房子
就是美
國…哈
哈…

可是媽,我
不要離開哦
咿哩哇…

哈哈…多可
愛啊…

這樣也好,我們
要補一下眠…

明天
再接
回來!

除了補眠,我也得趁這空档想快寫稿,要不然就沒机会了!

不 是我在說,我的兒子
們不但長得帥,人緣又超
好!
去年(2006)聖誕節
來美這一趟,他們開始喜
歡麥當勞,因爲麥當勞裡
面都有室內兒童遊樂專區
,他們可以邊吃邊玩,還
可以認識其他小朋友。
我們幾次去不同的麥當勞
,我們的兒子每次都有小
朋友來搭訕!(但,都是
男生耶)每次都是人家找
他們一起玩得很快樂,當
然,好幾次人家問他們名
字,都發現我兒子反應很
奇怪,所以我們也常常和
這些小朋友解釋,因爲他
們是荷蘭人,所以不會講
英文。
結果這些小朋友通常都露
出理解滿意的表情,仍然
繼續追著我的兩個兒子跑
,而且常常我兒子不離開
他們也不願離開(家長叫
好久都不理)!我仔細觀
看其他小朋友,也確實沒
人有像我兒子們這樣的待
遇呢。

挪

挪威那道羊的聖誕大餐，真的是只有聖誕節才吃，平常是不吃的。（平常也有吃羊，但作法不同）

大王是個很傳統的人，就好像我們東方很多人都要吃米才會覺得有吃飯，大王也是熱愛主食馬鈴薯！我不論煮什麼，只要有馬鈴薯時，他就會誇我那餐煮得特別贊！

大王是一个很傳統的人，所以逢過節一定要吃應景食物。

＊感恩吃火雞＊

火雞怎麼做得來著？

不管了！不会做也要做！！

聖誕吃羊肉

你們要去西班牙过聖誕!?聖誕怎麼可以不吃传统挪威羊肉!?

其实本来没打算

放心吧！準備了，準備了！会带羊肉上飛机！！

不但如此，大王还數十年來如一日，誕聖食物不但非得是挪威式的，还一定要家鄉式的！（西岸吃羊，東部吃豬，聽說还有吃魚的，但除了家鄉式的其它都被他嫌得不值一文！）

所以囉，四年來我也沒試過別的聖誕大餐，一律就是他故鄉式的塩燻羊肉，好在我也还蛮喜欢就是！

好說美國人是不是很不懂吃？聖誕还吃什麼火雞啊？肉質乾死了……

反正我也不爱火雞

是！是！挪威最好！

今年因為孩子來，大王破天荒地準備了二种——传統的羊和他鄉的豬。

孩子可能不会懂羊的好ㄇ嗎，畢竟还年幼吶……

威大餐．

那麼，大王曾不曾經試過「豬」的呢？

有啊，畢竟我是挪威人嘛，不過我可不是在聖誕節試的！「那种食物平常日子吃就可以了…」

今年，也不知是因為大王發揮父親愛還是怎樣，給小孩的豬餐竟然大出意外地好！

不可能啊!! 一定是因為我烹飪技術太贊了! 豬怎會贏得過我家鄉传统羊… ←複雜的心情。

真的耶!! 好吃!

爸爸…那是我的食物吧…

妙…???

以後別叫大人幫忙切小塊了…

所以呢，聖誕節雖然過去了，豬餐的美味倒还留在沒吃到豬的大人心中……

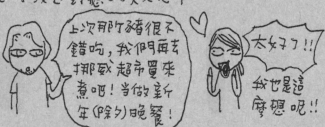

上次那隻豬很不錯呦，我們再去挪威超市買來煮吧! 当做新年(除夕)晚餐!

太好了!!
我也是這麼想呢!!

MANY

TA'S LAST STAN

貓布娃々．

MANY和YOYO因為是美國貓，所以我和大王也有奇怪的堅持——聖誕節要給他們吃火雞口味的罐頭。(美國人吃火雞)

其實他們倆都不是很愛火雞罐頭說 ● ● ●

但是別忘了！
那种食物
也只配新年
吃一吃,聖
誕还是要吃
羊!!

情緒複雜。

是...是...我又沒
說要改...

其實以往除夕,我們也沒特別固定吃什麼,就只
是準備得比平常晚餐豐盛一点而已,今年是意外
發現挪威聖誕豬餐的美味,才有這樣的打
算......於是我們今年,即將吃第二回合的挪威
聖誕豬餐!

Hi

所以你試了上回的
豬了? 不錯吧?

給我最
大那一塊...

要強調n百次啊阿?

是不錯,
但是豬是
新年可吃的,
聖誕才不吃
那个呢!!

戒煙。

從來很少会做「新年新計劃」這麼立志的事的我，今年居然破天荒地做了，而且还是好大好認真的一个：戒煙!!!

說起來我的煙齡也有15年以上了，已經像一个習慣牢牢跟著我半輩子了，要戒，我自己都知道不是一件容易的事!

不会吧？
妳是認真的嗎？

嗯!

「光是愛好自由」這點就讓我可以認真……
你也是身手，你明白……

要戒煙，一定要給自己絕佳的理由! 對我這种不見棺材不掉淚的人，若以健康啦、美容啦做為理由的話，肯定沒啥效果，一定要搬出「自由」!

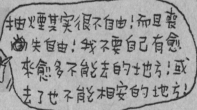

對鏡自勉

抽煙其實很不自由! 而且喪失自由! 我不要自己有愈來愈多不能去的地方! 或去了也不能相安的地方!

所以啦，從一日一日開始，我就把香煙全部去掉了! 坦白說，第一天可

真是痛苦!

我愛自由!!
我愛自由!!
生命誠可貴
自由價更高!!

← 第一天動不動就跳起來自我喊話，這是第一天的口号!

然後第一天結束於我忍不住抽了二根煙。

但是，我可不是這樣就自我放棄了，二根煙，你可以說我沒做到，可是我已經給自己90分！畢竟，十九年來，我沒有一天只抽二根煙的記錄！所以，不急著對自己失望！

除了對自己心戰喊話外，我也意識到身体要培養出另一个習慣動作，才不致老是有失落感，因此我開始嚼口香糖！

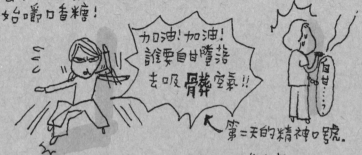

加油！加油！誰要自甘墮落去吸髒空氣！！

← 第二天的精神口號。

但是呢，第二天結束於我又吸了二根髒空氣！

承認吧！張妙如，妳既不愛自由又愛髒空氣……

← 更可悲的，這是滿足之顫抖……和吸毒者簡直沒二樣！

如境到第三天以後毫無進展，唯一有變化的是，我舊的習慣還沒退去，新的習慣倒已養成，即使在抽始終戒不掉的二根煙時，我還是要同時嚼口香糖才覺安心，因此反而很忙碌。並且——

妳倒底在做啥？看起來像抽煙，又沒真火，吸得和真的似的！

我在欺騙我的身体啦……

本來到昨晚我已覺得很灰心了,實在覺得戒不掉,但是今天我又突然振作起來……

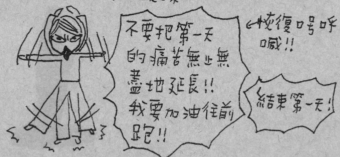

不要把第一天的痛苦無止無盡地延長!!我要加油往前跑!!

恢復口号呼喊!!

結束第一天!

是呵,不前進又後退地撑在那兒,当然会灰心失志!那个第一天從24小時無限地延長,当然会令人受不了,我得想辦法更進一步!

跟我一起抽根煙想一想。

哈……

嚼口香糖

放心,那只是夢,一个挺習慣了的惡夢和監牢罷了……

戒煙很痛苦,有時我会幻想自己回到19歲時,去告誡当時那个自己,永遠不要開始這个壞習慣!但是已經不可能……所以現在,我希望年輕的你,永遠不要開始這个壞空氣!

不要自甘墮落……?

自由加油

背面是鴿子圖。

嚼糖。

愈來愈深奧了……

禪??

好好自來水不喝,喝什麼汽水潛水!?還要花錢買,實在一開始就沒道理!

敗

破冰。

上星期西雅圖地区下了兩次雪,不過,二次都没讓我有下雪的興奮和在屋內溫暖的惬意,因為都是在晚上發生!而白天醒來只有融雪的不甚舒服的景像…

咚! ── 有人在敲門? / 你是瘋吧,貝的不灸? ── 是雪塊從樹杆上掉下來咧!

不是我不愛下雪,而是雪在西雅圖實在有点像惡夢!

走過多國之後,我才知道,雪也有不同品种的…… 「雪評論家」 ── 乾雪就很舒服又不滑,濕雪就很討人厌,比純下雨更令人痛苦!

不幸的,西雅圖的雪就是濕雪型的,不但濕滑,

濕雪總是路上泥濘‧‧‧

有時还夾雜著下雨,那种雨雪不分,不爽不快的感覺真的很不迷人,而且还很危險!!

因為不夠暖到足以化雪,加上潮濕和踏压 ── 走道或樓梯於是就形成滑冰面,實在很滑很危險!!!

中間成冰,兩旁是雪。

＊扶手也还有雪,根本不能握扶!!

這种狀況下,你想我会出門嗎?当然不会!每天寄予無限同情地送丈夫到門口,就是極佳的人妻責任了!

我有這麼壞嗎?也沒有。因為天氣糟,我拼命用網路持續平常買物的需求……

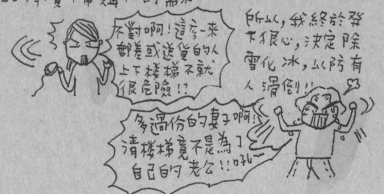

再說一次,真的不是我在批評西雅圖的雪,它的可愛真的超乎想像!

在挪威學開車的基本項目之一,就有包含在雪上、冰上的開車技巧,所以大王並不像我那麼害怕在冰雪中開車。而且挪威人因為天氣的關係,他們還蠻習慣走在滑溜的冰雪上,這點技巧我也極度欠缺。

在剷了一小時只剷了一階樓梯後，我決定改變方法。
我決定灑鹽！（雪國人常識）
於是灑光家裡的所有庫存（約500cc杯子那麼多）後，竟然
只聽到几聲裂冰聲，冰還是如山一般移也移不動！

老公我愛你～

回家時順便買鹽喔！
家裡沒有了～

好……甚移至……

後來我決定燒熱水，用熱水直接融冰！
果然滾水ㄘ一聲下去，冰塊立刻消失於無形！可
是呢！我上上下下、進進出出、總共共燒了五次水，才清
出一條樓梯！多麼艱辛的破冰之旅！

就做到此吧！
其它冰雪覆蓋
處到處是平地，
應該還好吧！

又累又冷……

当天我在勞累卻滿
足下收工，古語說：
各人自掃門前雪。
起碼我也做到這
半句！

也是在這裡生活好幾年
後我才發現，其實最快
、最不費力讓雪完全消
失的方式就是——下一
場雨。
西雅圖冬季多雨，要等
下雨並不是一件難事！
所以現在我幾乎不再自
找麻煩了，急什麼呢？
等一下就會下雨了！

隔日早上醒來，我急著望窗外一看，「太好了！昨晚沒下
雪」，我的一天辛苦成果不会成空！……但是呢！我很快
就發現了另一个驚人的事实——即使我沒清的其它
地面雪也全都消失光光了！

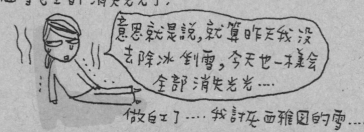

意思就是説，就算昨天我沒
去除冰剷雪，今天也一樣会
全部消失光光……

做白工了……我討厭西雅圖的雪……

天下第一關。

还記得之前有一回提到綠天的事吧? Well, 今天這期是那回的後續發展……

上回結束於辦公室搬家, 隔天我在網路上查了半天, 終於找到新地址! 然後当天我一不做二不休地架著大王, 倆人同去新竟辦公大樓排隊!

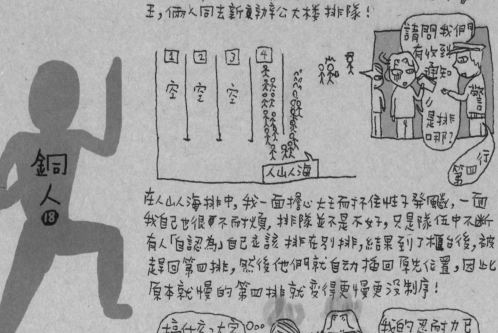

在人山人海排中, 我一面擔心大王而抖住性子發飆, 一面我自己也很更而忤煩, 排隊並不是不好, 只是隊伍中不斷有人「自認為」自己應該排在別排, 結果到了櫃台後, 被趕回第四排, 然後他們就自動插回原先位置, 因此原本就慢的第四排就變得更慢更沒制序!

一个半小時候，終於輪到我們了，我快樂地掏出文件，沒想到下一秒我就置身宇宙最深的黑洞：

抱歉，我們現在受理這ケ只接受網路先預約排時間……

什麼!?

此人已在宇宙黑洞裡了。

為什麼門口不ケ告示牌之類的？這樣我們至少可以一開始就放棄排隊啊！

但是呢，再哭喊這些都沒用了，回想這一切的白費心力，我只能說「移民局，您實在很寧貴……」。回到家我連續三、四天並且花不同時段上網要預約，始終擠不進預約的網頁，一場無聲無影的廝殺更讓我灰心到極點……

我覺得自己很像亂噴的煙火，怒氣濺得四處飛，但是最終都一一熄滅

小姐，妳畫的是仙女棒吧？

有什麼關係？我已經黑洞了……

也不記得是哪一天的三更半夜或清晨，我終於進入了預約網頁了！（先是吃了一驚，以為我電腦壞了或好了！）当時立刻精神大振，趕忙用生平最快速度打字，鍵入自己的所有資料完成預約！

成功了……

老天保佑，這不是一場夢……

整個領卡過程雖然是很繁複，但我還是應該強調一下，一開始真的是我們自己懶惰在先！其實也怪不了誰‧‧‧畢竟，我都不需要考驗假結婚的面試了（要面試的人要準備一堆資料，例如一起出遊的照片啊、過去的情書啊，等等這類越生活化越好的證據，證實自己的婚姻是真實的），實在比別人輕鬆許多了！真的是我們自己當初就太懶散。

有鑑於移民局的艱深，我也從中學到經驗，我立刻想到，我應該用大王的名字也預約一次，畢竟天曉得，同一ケ家庭兩ケ人，是要預約一次或二次？保險起見，立該一ケ人的名字一次！

你已經預約過了，請勿重複……

賤！預約網頁又不讓我進去了！！可惡的移民局！！

好在我家有二部電腦，我立刻換電腦再操作一次，再次預約成功！！
果不期然，在我們依約前往移民局辦公室那天，移民局要求二ケ預約，我當場腳都軟掉了！我想我可以當靈媒之類的！

家裡只有一部電腦的人要怎麼辦？

軟.人.軟

有，我們預約二次！

好，算好聰明！

沒想到真的要二次！

現在，我終於可以說，我拿到綠卡了？？？其實還沒，雖然護照已經蓋了章，但是那張實体綠卡依規定是郵寄到家的，會製作多久？多久寄達？沒人知道..

我也忘記是多久以後收到綠卡的？不過我要說的是，在美國郵政雖說有所謂掛號這種東西，也有為你的郵件買保險這種事，而且買保險還不是隨便就能買！你寄出的東西要「有價」才能買保險！
但是像綠卡這種東西，甚至是支票這種東西，都是用一般普通郵件在寄送而已！郵差就是直接丟入你的信箱裡，不・必・簽・收・

很恐怖吧？

難忘的 項鍊

我記得大約是前年吧，我在 EBAY 看到一ケ項鍊（其實只有墜子）非常喜歡，它長得像這樣：

銀

透明玻璃或壓克力。

魚會轉動。

簡單地說，它就像一ケ水族箱，特別之処就是裡面那隻小魚会轉動。当時競標非常激烈，

實物照片

咦？我怎麼會有實物的照片？
・・・因為後來我終於又找到另一個我第一次看見的那個，而且，又買了・・・

因為這樣別緻的墜子真的很少見，而我当然也是競標者之一，最後的3-5分鐘已経陥入瘋狂狀態，一ケ銀飾竟然標高到一、兩佰美元，（还沒附鍊子！）最後一分鐘内，它已経超過三佰元了！我就這樣含淚告別，因為在天人交戰之下，我選擇当一ケ「做事含蓄」的人……三佰多（台幣一萬二左右），実在太瘋狂了…但是呢！従那拍賣結束的那一秒起，我心中總有一种若有所失的感覺，我想過自己DIY一ケ；也想過找過去工作上有配合的做飾品的廠商，幫我打造一ケ；更直接地我在網路四処搜尋，期盼找到另一ケ同樣的墜子……

一年多過去了,你可以說我毅力驚人耐力夠,我竟然又在EBAY找到另一个!不過,這回是K金,而且是兩條魚,不愧我長久的等待啊!竟多了一條魚!

結果你猜怎樣?竟標者不但仍非常踴躍,連一年多前那位銀魚得標者都还再回來!(我想我永遠不会忘記她的名字!)不过這回,我並沒有立刻投入競標,我冷靜等待最後的倒數三分鐘到來……

上面這個才是本篇文章所提的主角,它確實比較值錢吧?畢竟是K金的,而且雕工細緻,整體乾淨狀況良好,可是呢!喜歡舊東西的人就了解,我還是喜歡那種看起來真的舊舊的感覺,也不要太閃···

競標，只有我一个人冷靜是不夠的，一大堆衝动的人早就將價格標到銀魚的收盤價，我非常憂心，因為奇怪地，我竟不是敗家型的人，而且还頗有一点良心，僅管我找到金主投資，但是我还是希望在合理的價格下買到……

所以呢！最後二分鐘我出手，五佰元又立刻被压过去，最後緊張的一分鐘內已經超过800了，坦白說，如果沒大王在旁观看这吵鬧，正常的我早就会再次含淚說再見了……

妳不要一点一点地加啊！一仟元啦！下一仟元啦！

五分鐘前就要我下一仟元了。

抖

拜託你不要吵好不好！緊張死了！！

不过已經剩下九秒了，再不下標就沒机会了，我仗著金主喊出一仟元，投下我最後一次的金額，然後結束了，我以一仟元勝出，我双手抖得好似用三萬伍仟台幣買下一颗普通雞蛋……太貴太貴了啊……

喂！螢幕顯示 PAY NOW 趕快付款啊！

你…你不是要帮我付……？

※說不出口的良心女子。

⊙註：我有PAY PAL 帳户。

大概價錢太滿意了，賣方也用極快的速度將東西寄來，一打開盒子，我竟不知該如何形容，那魚缸竟然只有1公分左右那麼小！(寬也不超过1.5 cm) 我真的快掉下淚來，只能安慰自己，它的缸还真的很細緻喔……

拍賣的物件熱不熱門，狀況差很多！不知道有多少東西在拍賣網站上是乏人問津，這些東西通常下標就是你的了，但是還真是有不少稀有東西大家總是搶破頭，而且競標者各個都患失心瘋，明知價格已經高得很離譜了，誰也不願放手！

我從這次這個事件後，成為一個終秒殺手，也就是說，最後十秒才下手！這十秒剛好夠打出一個更新後最高價，以及網站再次確認你出價，這些按鍵全部按完，剛好拍賣結束，顯示你得標，對手都來不及反應。

當然，要練到如此精準也是需要功夫的，你自己慢一秒，東西就是別人的了！

所以最後三分鐘通常是我的數秒期，不管這三分鐘大家廝殺得多厲害，我都不為所動，專心數秒和注意最新價格，然後準確地在最後十秒殺出。

自從這樣做之後，我沒失手過一次。

四 個 燈 或 無 燈

前一陣子我一直在採買主臥室的佈置的傢配備，因為住在這房子兩三年之久了，我和大王的臥室除了我去年勉強硬裝的「風水擋簾」之外，其它都还没改变呢！而且，連風水擋簾板，我至今都还没上油漆！

因為都还没正式開始佈置嘛，萬一其它地方顏色不配，那不就白漆了嗎？

不对哦……你計劃的顏色豈不是也改了三次，就是都沒一次真正去漆它！

好吧，説來説去就是懶！还有一个很重要的原因就是美國物價的昂貴讓我不得不一點一些地慢慢做工程，一次全做好我就得二年沒得吃喝，每季該有的預算總要控制好，而且連我這种不太愛計算的人，有時也是得等拍賣降價！

我們臥室的燈，我老早就看不順眼了！

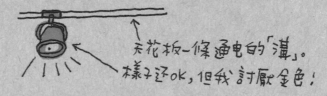

天花板一條通电的「溝」。
樣子还ok，但我討厭金色！

而且我老早就物色好我要的燈具了! 等了快一年,終於降價了! 只可惜,原本有四色的玻璃罩,在降價後,終於有一ケ顏色缺貨了,我只好選其中一ケ顏色買兩ケ,湊成我需要的四ケ灯!

幾天後灯送來了,出乎意外的,我到那時才發現,雖然都是天花板灯,五金卻完全不同,參照上一頁的圖,我原本的灯是卡在通電溝的,新的灯卻是長這樣!

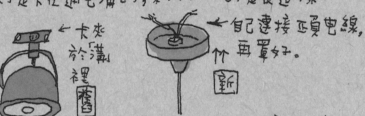

← 銀色。

← 玻璃罩子。

← 卡來於溝裡 舊

← 自己連接西頭電線,再罩好。 新

媽々好強喔!

再怎麼說,我也只是ケ冒牌水電工啊,怎麼額外從天花板接出電源,自這種專業的事我还不会做! (相信我,在「勞工」方面,神奇地我比大王強多了,我如果不会,他就要別說了!)

於是,恐怖的冒牌水電工決定做一件恐怖的事,那就是剪下舊灯的四ケ頭,換置於新灯上!

+

決心

要嘛就是四ケ新灯,不然就是一ケ灯也没…

还記得我前年修聖誕灯的事吧? 那一次我就損失了一條聖誕灯,竟然我还学不乖!

總之我就大膽這麼執行了，坦白說第一个改造灯完成後，我的心都涼了！

就在我要流下「沒有灯」的後悔眼淚時，我又突然想起

完了!!竟然沒有亮!!

「会不会是正負電線接錯了?」火然起一線希望後，我立刻又將灯取下，交換兩股電線的位置，這一回，灯終於亮了！然而，接下來的灯還是令我陷入一次次重換的圍困難！因為新灯的电線外露，不論正電還負电的線都是同一个顏色──銀的，因此無法辨識哪一條是哪一條！其中更有一个灯有三股線那一个更讓我重新換了無數次配對，才終於配對!!

Dala!!新灯登場!!(風水挡簾還沒上色…)

風水擋板現在已經上色了，上的是摩卡色，而且還混有一點青古銅的暈染效果，除此之外房間還是維持原貌，並還沒依我多年前的計畫修改好！

坦白說吧！會去把風水擋板上色也是因爲自製的藝術拉門（後面文章有寫到）需要上漆，所以就一起順便刷。

簽名會.

每逢週末下午，我和阿烈得都有一个習慣，去PUB喝一杯。以前还在感情熾熱時，通常不是聊天就是吵架，現在則大多數時間阿烈得会帶一本財經書或財經報去看；我呢，不是去逛街就是帶本雜誌相陪。因為我沒有很固定的讀物，有時我也会跑去書店臨時買本書或雜誌，反正書店和我們常去的PUB相距更不遠。

於是上回我去「找讀物」時，竟意外碰上作家簽書会！值得同情的是，場面冷清到我几乎要撞上簽名桌面才發現是个簽書会！

說真的！親眼目睹那個簽名會的冷清，實在安慰了我曾有的創傷！原來，國外作家的簽名會也是有這種呆坐的閒情啊！並不是只有小小台灣才會如此！
而且他們作家之間竟然沒有聊天！？

抬

熾熱目光

作家

啊⋯⋯Sorry⋯

手上拿本將買的「100个犯罪故事集」

☺實在沒啥涵養可言。

我一驚後，立刻退到遙遠的「書架群裡」，一面假裝找書，一面又觀察（偷瞄）著簽書会，現場大約三、四个作家坐成一列，他們的背後有几位站著和他們聊談的人，八成不是出版社的人就是書店工作人員，這樣的場面我也不陌生，畢竟我自己也是

ㄉ作者。我努力想看清這些作家的名字,但是在「熾熱目光的安全距離下」,實在很難看到名字之類的物体!

一空一

餘光

←羅曼史區,

這家書店宣傳做得可真不力呵!不但門口沒貼什麼看版,連現場都不見什麼立牌……

這种處境我也不是沒親身經歷過,坦白說,簽書会有時真的很惡夢,很多你想像不到的事都会發生,撕筆記本紙來要簽名的都还算親切的呢!我就遇过拿廣告紙空白面來的,还有要求我画小叮噹或小丸子的,但!被公認的惡夢之最高層級是拿著別的作者的書來要簽名的!

那……你是要我簽我的名,还是要我仿照一ㄉ鏤米的簽名?

女子呀…

兩書都簽!

← 不知所云的人。

因此,当時在那家書店裡,就算我多想鼓勵回報那熾熱的目光,我也不可能著100ㄉ犯罪故事去要求簽名!

我印象比較深刻的一次簽名會是發生於剛出道沒多久時,那時只有專攻畫漫畫,一個大約國小一年級的小朋友和她的家長一起來,我先是愣了一下,心想「小朋友看春麗好嗎?好像不太健康・・・」,但是我還是沒多話,開始簽畫我的招牌北鼻貓,然後那位小朋友說:『妳可不可以再幫我畫小丸子?』我正要開始畫小丸子時,媽媽說話了:『那妳畫她好了!幫我們女兒畫成漫畫相!』最後,書上畫有北鼻、小丸子、小丸子的雙胞胎(那位太太的女兒),還有哆拉A夢,和蠟筆小新。

不過,話說回來,國外的簽書会作家穿著可真正式啊!我記憶中曾參与過的數个簽書会,好像很少看見哪个作者正正式式地,尤其是漫画因相線的作者,沒穿拖鞋登場就算很有礼貌了!

很抱歉....我....穿过拖鞋耶...

← 面目不清的本人。

難怪会有拿餐巾紙來簽名的!活該!

我從羅曼史小說区繞到科幻区又繞到电腦書区,鬼鬼藏藏地偷看,始終还是只看見四位衣著正式的作者坐在那裡,还是看不見他們的名字......最後我还是只買了100个犯罪故事而離去了,離去前,我还是沒看見任何一个人闖入熾熱目光的区域,只有我在一開始不小心讓某作家空歡喜一秒。哎!簽書会總教人又期待又怕受傷害......

每年春假左右,也是台北國際書展登場的日子,在此祝福大家新年快樂·恭禧發財!也希望書展順利,作者們都熱門,讀者們都滿足!

雞年快樂!

← 雞冠

平安!!

天啊!
這是多久以前的事了····

一碗傳奇

外國人很重視每廚房,因為廚房通常是一家人最常使用的空間。而且在歐美的房子裡,不論家中有無額外的餐廳空間,在廚房裡通常都还是設有餐桌,而這個餐桌才是大家平日最常使用的餐桌!無論是早上大人的一杯咖啡或小孩的一杯牛奶;中午家庭主婦的簡單午餐;或下午小孩放学後的点心,都是在廚房裡的餐桌上解決的!至於家中正式的餐廳做什麼用呢?就是晚餐使用,还有週末假日的早餐也会变得比較正式,也会移師到這裡來進行!

結果我買杯碗瓢盆
還是在買自己高興的
還是沒有合格的

週一到週五廚房裡隨便吃!週末假日才在餐廳吃,才準備豐盛早餐!懂了嗎?

恁怎那麼麻煩啊?頭疼死了…

坐這兒比較舒服啊!

好吧!餐廳是神聖的,平常
日裡沒事不要亂打擾,
這也就算了!外國人的餐具才叫我更加頭大!

→ 小一點的是沙拉碟或副菜碟。

→ 大一點的是主菜碟。

→ 有點深度的是湯碟。

想來，好像也不只碗盤杯子，西方人用具可真多！廚房用刀也是好幾種，不像我們一把大菜刀什麼都切！
還有奶油刀、麵包刀、削起司的刀、拿蛋糕的刀（和切蛋糕又不同），夾沙拉的匙叉，茶匙、湯匙‧‧‧實在是夠了！我們一雙筷子多好用啊！

碟子還算簡單，杯子可就難了！各种酒有各种適用的杯子，例如：

窄高（香檳用）　中等（紅酒）　更矮胖（白蘭地）　（威士忌＋冰或水）　超小（烈酒純喝用）　（通常是調酒或雞尾酒）

咖啡杯也是：

馬克杯（普通時，普通咖啡）　較正式一點的咖啡咖啡？？？　濃縮咖啡

所以正式的一餐吃下來，一个人用去的餐具杯盤真的很可觀！我始終覺得很浪費資源和水費啊……

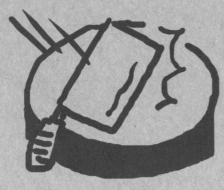

夠了喔！

很抱歉，我們餐具還沒買全……

每次大王推我有空去買，我都会以「不知什麼東西用什麼容器裝」為由，而沒去執行，這也不假，我其實真的还不清楚也不確定自己上述的是对是錯？

更大的理由是我有時真的覺得很沒必要,較尤其只是我們一家小兩口吃飯時,我是事後洗碗盤的人,雖然我們也有洗碗机,但若能兩天洗動一次,我絕不會一天洗一次!

？

妳這空碗是做啥??

先用碗喝一杯飯前酒,喝完我再盛飯,飯吃完再喝湯……

你沒說錯吧?這樣混會不會中毒啊?

小時候我家都這樣啊!一个人一餐下來用一个碗就夠了!

台灣人的生活難以想像…而且,妳會去世了吧…

好吧,阿烈得雖是打死不從,不過他對我家餐具組之貧乏和詭異也再無怨言,只有每回家中有訪客時,我們總是心虛地解釋著為何每回喝咖啡或其它飲品,總是沒有同款的器皿在桌上……
然後是我公公受不了了,送我們一組同花色的待客咖啡杯組……我愈來愈覺得,我臉皮大概是真的蠻厚實的。

我現在已經搞清楚那些杯杯盤盤了,可是我還是覺得西方人吃個飯實在用去太多餐具了!所以我也無意去採購齊全,頂多就是再添購幾個紅酒杯吧——本來多買了兩個,但是一個被大王不小心摔破,一個在洗碗機裡神奇洗破,所以現在又是剩下兩個高矮不同的酒杯,所以有必要添購。
其它的,都可以等我真的有閒錢、有閒情,實在沒有東西可以買了,再說。

LONG BEACH

好久好久我和阿烈得假日都没出遊了,因為不是天氣不好就是要做工務農,難得趁周末假日去哪兒。不過,上星期我們去了 Long Beach!

海洋那頭就是台灣了吧!

說不定你可以看到台灣:

少要白癡了,看得到我立刻成為奧運游泳选手給你看!

莫實多希望!

我不知道全美國究竟有多少ケ Long Beach,不过光是西岸就有三ヶ吧?我們去的,当然是伭在本州的這一个,雖說如此,馬不停蹄也至少要開車開了四小時!如果我没説「我要去海灘撿飄流木做家具」這樣專業而动人的話來,也許大王还没那ç甘願去呢!

LONG BEACH撿的木頭第二名——用去一半,另一半佇立在庭院屋牆外繼續曬太陽・・・

[註]第一名那一條木頭已經完整用去。

看吧!看吧!有卡車还是有用吧!

好要撿多少木就撿多少!!

扳回一城

雖然天氣好,終究是二月天,況且華盛頓的Long Beach也不是要常熱門之处,所以我們雖有打算在外过夜,卻没事先「做工力課」,打算到了那裡再打算!

又抱歉,我們客滿了…

怎麼回事!? 為何到处都客滿?

因為星期一也放假,總統日…

完了!!

本來打算享受夕陽的我們,結果是在短暫的夕陽裡,急急忙忙地四处找住宿,大王的預計從飯店長高到豪華套房,最後百般不願地降到Motel,結果連看起

來最破爛的一家Motel也完全沒空房!簡直像抹布愛寵袍! 四个多小時的車程要開回家已經不可能了,暮色漸暗裡,大王的臭臉鮮明地像毒菇,我則默默不敢作聲。果然不是美國人有差,連這個節日連休都不知道……(註:私人企業倒沒放假)
Long Beach 其實已經接近奧利根州了(下一州),大王無奈地決定要往奧利根去,途中經過一家看起來快倒店的Motel,大王要我去做華盛頓州最後的一間,沒想到竟有空房!我大喜之下立刻訂下一房,結果房間恐怖得要死,阿烈得当場會過敏發作,把我当解藥罵!
各位同学,我也是忍很久了!假日很少出去玩,去海灘还得沾「做家具」的福氣,放个屁还要調姿勢,讓它以靜音方式衝出……忍讓的火山也是一座火山啊!我爽快地就和大王吵起來!

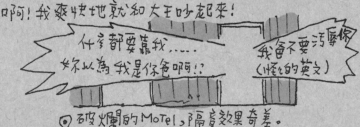

什麼都要靠我……
妳以為我是你爸啊!?

我會不要污辱你
(爛的英文)

◎破爛的Motel,隔音效果奇差。

LONG BEACH撿的木頭第三名——因為很重,先是放在車庫門口放了一年半,然後再從車庫外被丟下樓來,此後一直躺在樓梯下,門口前至今!

好吧！我敢説当晚很多美国人都見識到我恐怖的台湾英語了，因為住房率極高，隔音又差，而我一激动，英文更是只有鬼神之類的才懂……但是誰在乎啊!? 就在我氣憤地犯錯攻守之際，眼睛还看見床單一角有怪怪血跡，大王也没漏看「此MOTEL出售」的牌子，好好的一个假期，最後變成地獄般煎熬，我睡在有血跡那邊，嗚嗚啜泣了一晚，大王則是連睡著都还用打呼聲和我力拚……

LONG BEACH撿
的木頭最後一名──
從抬下來那一刻就放置在
那裡了，現在已經要和庭
院荒草連在一起了‧‧‧

隔壁住客

天啊呵…

嗚～

呼呼～

呼呼～

亡安眠药

隔天，我們倆个大人当然是努力地維持成熟，吃过早餐急忙退房，往沙灘去匆匆撿了几根漂流木，还看到擱淺已死亡的海狗屍体呢！(其實也不確定是海狗还什麼，誰有心情去看清楚!)
再開四五个小時回到家後，我們都觉得家真好！而經過那一晚，我觉得除草很像是天堂，有時候还会挖到一毛錢呢！

刮刮樂

美國人因為很愛安逸,在美國的超市,買肉大都是去了骨的,有些更是去了皮。

高湯大王。

←跑了四五家,買不到肉骨熬高湯。
(一般人都用高湯罐頭或高湯塊)

而買魚呢,除非你去特別的地方或市場,不然真的一輩子都不知道一條魚長得是怎樣!通常,你買到的,就是一片或二片裝在一起的魚肉,魚頭沒有了(在美國沒有人吃魚頭),魚刺也拿走了,如果可能,連皮也剝下了(美國人對皮顯然也興趣缺缺!) 總之,就是一片魚身肉,多半要靠標籤來知道是什麼魚!

我雖喜歡新鮮的魚,但是這裡的魚沒頭沒皮的,根本不可能用台灣世間媳婦那一套來看魚新不新鮮!

國王下山來認親,親到誰就……

沒眼睛可看,沒鰓可參考,更沒皮膚可指教。

我常常和大王在無意義地討論,為何西雅圖明明靠海,也有捕魚人,偏偏海鮮「普遍」也沒比較優?——不論是比挪威或比台灣。
因為總是不知道答案,所以我才說這是無意義的討論。
所以來西雅圖不必吃海鮮,因為多數都不如何,而且不是因為他們去骨削頭的問題,就是海鮮本身就沒有很鮮美。

我從小就喜歡吃鯧魚，有一次在西雅圖的日本商店買到，很高興地煎來吃，大王一吃也果然喜歡，一直問我那是什麼魚？（西雅圖和挪威都沒有這種魚）
我回答不出來，很多菜名魚名我到現在都還不知道英文叫什麼？所以老把戲又來了——ASIAN FISH。

喔，我主要要說的是，即使是空運來美的魚，都比這裡當地買的魚新鮮！怪啊。

所以久而久之呢，我變成比較喜欢鮭魚，一方面有的鮭魚至少帶皮賣（我愛吃皮），一方面呢，鮭魚算是這裡的特產，原則上都还算新鮮！大王更是針對鮭魚弄了ㄧ个沒意思天份的我都可以煮得好的食譜！因此一个星期中，我大約都会煮到一次鮭魚。

結果這星期國王下山來買菜，竟然買到一塊特別的鮭魚！怎樣特別呢？魚鱗竟然沒有刮！真是罕見之至！彷彿一个西方美女忘了刮腳毛！這也应驗了「人有失誤的時候」這句話！可能一萬盒魚中才出現一片突然忘記刮毛的魚，而我幸運欽買到那一塊！

"魚鱗...
要怎麼刮呢？…

我腦子裡倒是有以前和媽ㄙ去傳統市場買魚的景像，通常小販手上有把刀，來回几下魚鱗就清光光了，可是我真的從沒自己試过那种帕刮刮樂！我高角度就高了很久，好不容易下手了，刷的一聲，竟然一片魚鱗也沒刮下，肉还被画了一刀，差點切成兩半！

然後我猶豫了，一直在想要不要打電話回台灣問媽～……？

這种事也要打國際電話問嗎!?
浪費錢！妳甘脆把皮整ケ撕下來就好！
反正告訴你，你也不会……

魚皮切下我倒会，但是我說过了，我愛吃皮！雖然大王对魚皮敬謝不敏！
我決定一ケ人默ヽ挑戰，第二回我拿鉄湯匙刮，安全些！結果整塊魚被我刮成像重度皮膚病，魚鱗也沒多掉下几ケ來！
最後我發現，直接用指甲去刮，还比較有「噴鱗架勢」(就像我卬映象中魚販刮ヽ樂的画面) 剛好我前一陣子趕稿沒時間処理個人儀容，長ヽ的指甲如果來一回廢物利用，我媽应該也会覺得很超值！

噁心！噁心死了!!

但是，最好趁你老公还沒回來趕快刮完……

有没有人用指甲刮过魚鱗的経驗？真的是很噁心！但是並不是髒的緣故，而是有

一种虐待死屍的感覺…

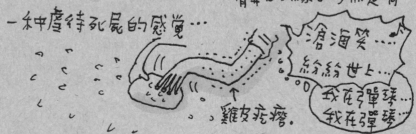

‧雞皮疙瘩。

滄海笑……
紛紛世上……
我在彈琴…
我在彈琴…

在這裡因為我挑食，別的魚類我都不怎麼愛，所以常常吃鮭魚，吃久了也發現鮭魚品種不同味道也有差異！有一種肉質較紅，那是我比較不喜歡的，因為吃起來比較乾。我喜歡的是肉質偏橘的，感覺比較有魚脂，比較好吃。
皮我還是不會錯過。

當然我也發現自己的喜好和美國人很相反，美國人不論買雞買豬或買魚，都是選擇脂肪較少的部位，然後卻在烹調時加入大量脂肪（牛油、奶油、起司或油炸等等）！這也是我萬萬不能理解之處，我寧願買有脂肪的部位，在烹調時用最簡易清淡的方式，去吃魚肉自身的好味道。

謝絕推銷

在美國除了推銷的電話很煩人，其實自己上門的更是令人痛苦！

> 妳好，我們是OO Pizza，請問妳要不要加入會員？

自備刷卡機→ Pizza

> 我沒錢

> 有卡吧？可以刷卡喔....

會自己上門來按電鈴的，也是多不勝數，這些人還有一大共通點就是臉皮都很厚，實在讓人無法應付！Pizza入會啦！賣窗戶的啦！整理庭院的啦！賣東西的都還好，老娘就是也厚著皮說沒錢，都可以勉強拒絕！就是另一種要捐款的，我就真的功夫比較練不好！

> 請贊助我們兒童醫院......

> 我沒現金啦....刷卡可以嗎？

待遇不同。

果然有刷卡機！（必要配備！）

不過那一次把我嚇到了！因為打算捐80的我，看到o簽帳單的80是這樣寫的：

80.00 對方沒加小數點！

我終於知道大王為何取消室內電話了！
原來，在美國，手機即使只是接聽也要付錢！所以打電話到人家手機號碼做推銷，是違法的！因為接電話的人要付費接聽，所以推銷員們終於有個死門不能入——手機。這就是為什麼大王取消室話，讓我們兩都只用手機之故！但我還是前幾天才知道這一回事！

而我因為太緊張，因此是名字簽好了，要遞出去那一刻才發現的！

為了那沒有小數點的2个零，我一直急迫等待台灣銀行營業的時間，打電話到我的發卡銀行，笨拙地解釋這件事，直到行員在電腦加註是80美元的損捐款，我才善罷甘休！

此後，童子軍來賣餅干啦，更多來募善款的，都讓我非常煩惱，不捐也不是，要捐也得看我的能力吧!?說不能我都沒飯吃了，还硬捐……

真的不是我們沒愛心，而是這种捐款我們也陸續捐了不少，但是來勸募的，總是沒停過！

我家門鈴旁真釘有我自製的小木牌，禁止推銷啊！這樣會看不到嗎？但推銷員常常都還是裝瞎呢！

終於到我了我認為自己已經害怕去開自家門的
狀況了，我決定貼一張告示：

「謝絕推銷」英文怎麼說？

No Sales MEN?
No bell ringer???

我不知

嘸栽啦一

我雖然不想那些人按我電鈴，可是我可不希望連
郵差或快遞都走早走！在不知所以的情況下，
我貼了這樣一張告示在門口：

DO NOT RING THE BELL WITHOUT AN APPOINTMENT
（沒約不可按鈴）

ONLY POSTMAN AND DELIVERER ARE OK!
（只有郵差和送貨的人OK）

咭哈哈哈哈哈

哈哈哈你那是什麼Chinese英文呀！

那你告訴我啊！！

死大王一直沒有理我，疊害我以為他其實也不知道該
怎麼說，看到我自己終於契而不捨地在網路上查到
「SOLICITATION」這個字，在我掛上「No SOLICITATION」之
後，大王竟說：

我覺得是該說 No SOLICITING 啦⋯⋯

混蛋

我在網上查了那麼久⋯⋯你竟然一開始就知道也不幫呀！？

拜託，妳英文不好我才有樂趣⋯

後來，我在一家餐廳門口看到到這樣一個牌子：
「NO SOLICITOR」——那应該就是謝絕推銷員了，
但是我已經懶得改了，總之就是謝絕推銷啦！

結果，
NO SOLICITATION
NO SOLICITOR
NO SOLICITING
以上三個都是對的，但是，
NO SOLICITING還是一般最常
見到的，大王果然英文不差。

然後
說說CHINESE ENGLISH吧！
如果你家有兩個門，你希望
訪客都走A門，所以你要在
B門貼一個英文告示，你會
怎麼寫？
有一次我們去一家中餐館吃
飯，該餐廳有兩個門，所以
其中有一個門貼上：
Please use another door.
大王每次看到就要笑一回，
我實在也看不出哪裡有問題
？大王糾正我應該說：
Please use the other door.
如果是我中翻英，「請使用
另一個門」—我果然是會覺
得Please use another door
沒錯。
但英文思考不是這樣，只有
兩個門，不是這個就是 the
other，用another是既奇怪
又不知所云——你有幾個門
啊？一個又一個，那究竟是
哪一個？

櫻吹

最近在西雅圖地區正是櫻花盛放的時節…看到粉紅色的花瓣隨風緩緩落下，簡直像陣陣粉紅色的雪花飄降，好美啊……

不要開始落花瓣之前是真的有那麼美啦·
· ·

←←櫻花

沒水流了·

才怪!!我的池塘被堵住了!!我的魚啊

櫻吹雪　櫻花＋池塘
這种日式風也是只有夢裡才有…

※置廣告※

順便這种画面也夢一下好了……

我已經偷偷想過無數次了，要把池塘填起來！——不要池塘了！主要是因為，我家庭院裡具備春夏秋冬都會輪流落葉的植物樹木，我已經清理池塘清理到煩了！哪一次大王清過呢？再者，PUMP堵住陣亡已經換過四個了，哪一次不是我這水電工下水去換的呢？不論多天水溫有多冰，都是我一次次凍麻掉雙手處理的。

而且魚都被浣熊吃光光了，我實在再也看不出池塘有何好處？如果要流水，改裝一個歐式花園小噴泉也就夠了！

（續下頁）

好吧，大家可想而知，我又無可奈何地當起水電工了，因為但pump也沒壞，所以倒是好處理，我馬上又換上古裝，巧扮黛玉撈花……

塑膠手套

妳到底是什麼結裝啊？而且林黛玉是葬花不是撈花好不好？

你什麼單位來的？？敢反抗中央指示嗎？中央說撈花就是撈花！

我詩情畫意地撈起片片粉紅雪，竟然這樣也一個下午的時間又飛了！更助長這個羅曼蒂克情境進入高潮的是，突然狂風吹起，不但櫻花吹下更多雪下來，原本好不容易撈起的花辦还又被吹進池塘裡！留我黛玉一人在池邊唉嚎哭泣，賈寶玉要娶薛寶釵了嗎？更慘！老天竟下起冰雹來！搞到我自己也不知道究竟現在是上演什麼片了？

啊

櫻吹雪之林黛玉之無情冰雹華盛頓大逃亡！！
（上映中～～）

看到這裡，大家有沒有覺得劇情還有一支抄襲「搶救雷恩大兵」呢？

我們就是雷恩大兵???

恩呀！Finding NEMO 比較老少咸宜好不好？

這种子戲上映一天沒人看也就算了，隔天我还又繼續奮鬥，实在都不知道是為了什麼!?

乾脆起趕快把花搖下來！免得在那儿慢飄50年……

← 沒有製裝費了。

矢壽呀阿……太浪費良辰美景了……

這，我也知道，可是我要回台灣了，現在不処理，回來我就又要收雷恩屍了！很抱歉，櫻吹雪你还是上映了天就好了吧！

但是每次一說到這點，大王就生悶氣，認爲我對他一鋤一鏟親手挖的池塘一點也沒感謝之心！我也每次聽他這樣自憐之說，就又動搖了。結果，前幾天經過池塘公司（賣池塘器具和魚的地方），發現該公司竟然不見了！當初他們所挖的數個展示大池塘也全部填平了！
搬家了？公司倒了？我不知道。
我只知道如果以後ＰＵＭＰ再壞掉，而且別處也買不到，我家池塘也是早晚要收！
好耶！

堆肥。

有關美國的垃圾,我也說過了,分三類:資源回收、純垃圾、及庭院廢料(廚餘皆在此項內!),而且美國倒垃圾是要收費的,也因此,你的垃圾越少或越小,就会越省錢!

堆肥箱,現在已經完全沒在做堆肥了。
其實大王這個堆肥箱做得還挺好的說。

這麼復古的名詞,我實在擔心有人不了解,什麼是堆肥呢?就是自製營養的土壤。用什麼製造營養的土壤呢?

我小時候的那个「古代」是有聽說用米田共的,不過好險好險,大王的堆肥箱只收落葉枯枝和青菜廢料及蛋殼!

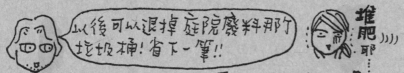

以後可以退掉庭院廢料那个垃圾桶!省下一筆!!

堆肥耶)))

堆肥箱当然是放在屋外,屋内於是就多了一个"乾的"噴桶(魚水桶),坦白說我常忘記使用……

這是什麼!?不是叫你馬鈴薯皮要去噴桶的嗎?

原…原諒我!!…

臭姑娘忘記了……

我本來一直処在對堆肥這件事的錯愕裡,我以為只有大王瘋了,竟然熱愛農業超過我這來自以農立國的國家人民!沒想到,有一天我們去拜訪美國人瑪琳達小姐家,她也有一个堆肥箱,而且她的还是特地去買來的!

我也很愛園藝啦!但是庭院廢料的錢我花不下去……

同感!能省一元是1元!

我家連暖氣都不裝了!這很罕見喔!

外國人其實都愛小氣的…節儉啦!

我常常和別人說,美國人其實很節儉,可是好多人都不相信。
可是真的不是我神經過敏,我是覺得他們確實也很愛買東西啦,而這裡消費物價確實也貴,可是重點在於,他們都很盡力地把東西保持得很好,以維持延長使用壽命!
而且我曾看過一個電視節目,介紹早期在美國的清教徒,這些人的生活真的是錢只進不出的,東西壞了也是修了再用(自己修,和我一樣),而且這些為數不少的人,在美國經濟起飛時代扮演重要的隱性角色,看他們穿著破爛,其實每個都是不為人知的大富翁!
而且據說,現在還是有許多美國家庭繼續維持著這樣的傳統。

好了吧!既然外國人都這麼珍惜資源,我也就照辦了。

終於在我一張乾枯老臉抗議下,從此倒噴桶終於規劃為大王的工作!

後來香香公主因為太常蹲冷宮了,每次皇上一想起,除了要幫它瘦身外,还要幫它洗澡!还要保濕!也因此就愈來愈不受皇上寵愛,至於我這正宮呢?也是責任既出,就不回收啦!

因為噴桶規劃為大王的工作,當然很快地,漸漸被遺忘,所以堆肥箱自然也連帶被遺忘‥‥‥

大王妙計

當台灣很多人都在為停車位煩惱時，我也是…

又到了買車的時候了……

不会吧!? 你有**5**輛車了吧!!

你还要什麼?公車嗎? 不会吧?～～～

我家的車位正常是停兩輛，但客用空地可再停兩輛，現在不但四輛都自己佔滿了，还把另一輛卡車停在不甚寬闊的屋外馬路旁！即使再生一對雙胞胎，即使小孩都会開車，一人開一輛都还夠！(別忘了，我們荷蘭还有一輛車!)簡直不可思議大王是在想什麼!? 共6台了。

我覺得大王還蠻會買車的！我的意思是「很會挑」！雖然當初買了卡車，可是那台卡車其實買的價格很贊，竟然只有四仟美元。——我對車價也不了解的，但是我和大王每次都一起去看車試車，我多少能感覺什麼樣的價位會有什麼樣的車況！

（續下頁）

車，是大男子孩的玩具呀!

我不管!!你如果不賣掉至少一輛兩舊車，就別想再買!!

合情合理的要求!

結果，我还是說錯話了，大王当場己刻答应賣掉一台以換取買車的机会!問題是，当初買卡車時，他也這樣答应過，但事後並沒賣掉任何一輛車!

我們看過六仟、七仟、一萬元左右的，都是非常不如何而且破舊的樣子，其中有一台八仟多的布椅座上還有血跡！而且每次汽車銷售員問大王預算，大王說四仟，對方都還會露出「絕無可能」的冷笑，連我看多了，都懷疑大王是不是神經不正常？

可是他用四仟買到了，而且那台車除了哩程數多了些，其它狀況都很優，看得出前車主非常愛惜的痕跡。

賣車這种事急得來嗎？總是要賣到合理價位…

少給我耍寶什行！你根本就沒在賣，以為我瞎了嗎!?

各位觀眾，一減一究竟等於多少呢？麻煩知道的人來信告訴我，我已經失去信念了！日車子，到底有沒有生育能力呢？麻煩有知識青年來函，我的車庫需要「車口節育」計畫了……

大王真的要買公車嗎？也不是，他只是想買一輛寬敞舒適的大車，現在他看上的是舊型的BMW 750IL（加長的），我們已經去試過車了，（看！他多麼積極而振奮！）坦白說，真的是蠻舒適的哦！空間寬，又能跑，美國內陸的長途旅行應該是很合適！

哩程數是迷思啦！車主如果愛惜車子，那种二手車才最不会出大問題！

催眠大師

動搖吧一動搖吧一你將看到未來，在去紐約長征時一多舒適的車內旅程……

好像有看到吧……

結局竟是他說動我，而不是我阻止了他！

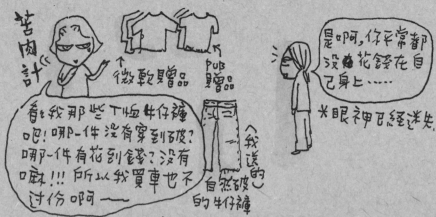

苦肉計

↑微軟贈品 ↑pub贈品

看!我那些T恤牛仔褲吧!哪一件沒有穿到破?哪一件有花到錢?沒有口麻!!!所以我買車也不過份啊——

↑我說的自然破的牛仔褲

是啊,你平常都沒有花錢在自己身上……

※眼神已經迷失.

而且大王还加石馬演出,對我從台灣給他帶回的免費創世基金会的T恤愛不釋手……

（因為我做了公益活動,所以也拿到贈品）

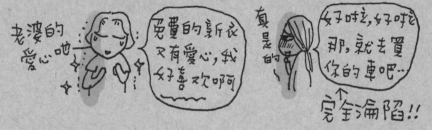

老婆的愛心吧!

免費的新衣又有愛心,我好喜欢啊

真是的

好啦,好啦那,就去買你的車吧…

↑完全淪陷!!

雖然車子还没到手,不過我相信我家很快就会有第七輛車了(連荷蘭的也一起算的話)!冷靜後,我还是覺得太誇張了!更何况我們真的没地方停車了!……

道德釣魚法

那我捐出一輛車好了,給慈善机構

千萬別改變心意啊

好主意!!好耶!!

就這樣,買定了…

這一次大王倒是沒食言,舊車中賣了一輛、送了一輛,然後多了這輛ＢＭＷ。
所以我家現在是四輛車。
而且所有的車中,果然這輛ＢＭＷ最舒適!我們若一起出門,我最希望他開這輛車,因為當乘客還是這輛車最讓人有當公主的感覺,長時間乘坐也不覺得累。

本來這週想:「完了!寫不出稿子了!」
結果打開電視看了一部電影「THE JOY LUCK CLUB」
稍後查知,中文名字叫「喜福會」,原著作者是美國第二
代華裔作家譚恩美。

喜福會是由四對母女的故事串連而成,其中一个故事是
「玫瑰」和她外籍先生瀕臨離婚的狀況,玫瑰的
媽々A-MEI向女兒道出上一代的故事,卻因這个故事讓
玫瑰挽救了自己的婚姻。

玫瑰是第二代華裔美國人,和美國先生自由戀愛而結婚,也
許是先生顯赫的家世背景讓玫瑰自立自強,婚後照
顧先生和家裡的事無微不至,如同(異常地)中國婦女待
奉丈夫,以夫為天那般!以致於,後來玫瑰本人都瞥見
了先生的眼裡流露出的悶和無趣。有一天,當玫瑰
進先生的書房問先生晚餐吃什麼時,先生反問她:
WHAT DO YOU WANT?(你要什麼?)
坦白說,我對這个問号毫不陌生,我已聽了千百次大
王問我同樣一个問題!

我是華裔的人

WHY DON'T YOU JUST TELL ME WHAT YOU WANT!?

I just want you to be happy!
(我只要你高興就好了!) ← 果然是玫瑰的回答

玫瑰的外婆在中國時，被強迫当了一个富翁的四姨太，一生的命運不由自主，最後以自殺方式來給自己的女兒A-MEI（玫瑰的媽2）一个更堅強的自我意識。A-MEI來到美國後，在美國結婚生女，從小她就用不同於中國的那一套來扶養自己的女兒玫瑰，卻沒想到女兒还是不知不覚走向侍奉丈夫那一套，忘記了自己真正要的是什亥！

我自己一直以來，也覺得自己非常反傳統，而且覺得自己算是很自我了！没想到簡單的一句 WHAT DO YOU WANT 就能把我打回原形！

是呵，能幹的玫瑰完美地料理了家中所有事，試圖「配得上」先生的地位，可是西方的平等卻不是這种消長的彌補，而是自我定位的平等！你要清楚自己是什亥，要什亥，這樣這个系統才能運轉下去！

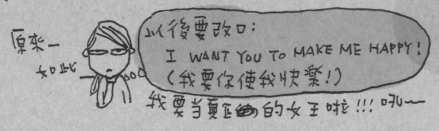

原來一
如此

以後要改口：
I WANT YOU TO MAKE ME HAPPY！
（我要你使我快樂！）

我要当真正的女王啦！！！呦～

我真的是只要丈夫快樂我就快樂的那种人嗎？不是吧！若要說起來，我是丈夫「不要找我麻煩」我偷得輕鬆 就会「覺得不錯」——但不見得是快樂。

我想，一个没有決心使自己快樂的人，当然是不会得

到快樂的；我想，快樂是要努力去追求，而不是懶情輕鬆就可得的！我想，自己看重自己，其實沒有想像中容易，尤其是對亞洲人來說。

亞洲人，太多不知自己要什麼了！（請不要告訴我是「錢」！事實上錢只是亞洲人用來填補自己「不知所求」的空虛）我突然感覺，我的人生好像現在才開始。

想起我自從嫁了个外國人開始，常有讀友也會向我討教如何和異國的另一半相處相容，我猜我以前也並不是那麼清楚吧？我並沒有真心地認為我和大王是平等的，所以我願意多做家事、願意分攤一些共同生活的費用，來「顯示」我可以和他站在平等的線上，但那何嘗不是自己先心虛了？何嘗不是自己先自認矮一節？

WHAT DO I WANT? WHAT DO YOU WANT? 希望這一篇，可以讓大家想一想這个問題，當然不只是異國夫妻，重點是每个個人對自己的定位和重視。

我覺得很恐怖，我經常是越需要趕稿時，越容易專心——對別的事專心。

所以稿子要趕了，我還是能專心看影片，而且可能覺得很希貴吧，更容易投入心動的它事，不太會有吃這碗掛記另一碗的問題——誰要掛記著煩人的痛苦啊。

排骨飯當然要先吃排骨啊，幹麻用飯把自己餵飽，讓排骨有著吃不下的風險！

咪咪 流浪記。

當小強在亞洲終於打下一片天，取得稱號，給「正名」為小強時，我也決定默々承認我家咪咪的身份了！

是的，我和咪咪的恩怨已經很久了，從我的童年就開始了。咪咪可以說是最忠貞，最海枯石爛永不移的伴侶了！

然後我記得很清楚，每次我媽都要我堵住不痛的那一耳，讓螞蟻因為「氣不通」而爬出耳外，也不管這邏輯通不通，但是每次都見效就是……咪咪在我的童年佔了很重要的一部份，因為如果不是他，我也不會留下陰影。

剛搬進美國的家時，我以為咪咪終於可以和我說再見了！畢竟小強在美國很罕見，結果咪咪還是想盡方式和我重逢，而且还升級了，是美國大胖子咪！

媽媽的小秘方

小時候有兩個常見小毛病困擾著我，一個是這裡提的螞蟻跑進耳朵裡，另一個是肚子脹氣。

耳朵進螞蟻，塞住沒有螞蟻的另一耳，螞蟻就會跑出來。

肚子脹氣呢？在床上滾一滾。

肚子脹氣時通常都會肚子痛，這時要勉強自己滾其實有難度，因為你根本不想活動自己。可是滾一滾之後（慢滾即可），通常就會放屁，放完屁人也就好了。

托比也常也脹氣問題，每次我都叫大王叫托比滾一滾，但，他們兩個都當我是神經病。

有一次大王沒注意時，我強押著托比滾動（我的手推著他滾），不久果然聽見托比放了一聲響屁，然後就復活了。可是他們還是不信我。

自從養了貓之後，我對付螞蟻也自然不再使用毒藥，所以各種自行新研發都出籠了，萬金油、肉桂粉、咖啡、香水‧‧‧

其中有有效的是朋友送我的檜木精油，不但有效而且持久，也不會把地板檯面弄得到處都是粉渣（如果使用肉桂粉或咖啡就會這樣），香水效果也不錯，不過我托朋友買的仿冒香水卻並不怎麼吃得開！不由得讓我懷疑，螞蟻難道也識貨嗎？奇怪了！

後來不論我多勤快保持乾淨，收好食物，咪咪还是用各种方法和手段入侵我家！連一杯水都可以是他們拜訪的藉口！搞到最後我也只好同意大王的決定——用毒藥！

結果咪咪如同百毒不侵一般，我們毒藥都換過好几種了，咪咪一樣活得好好的，而且还有愈來愈多的趨勢！

（綿延萬里——）

後來我們也換了很多秘方，胡椒，辣粉，肉桂粉…全都只見效一時，咪咪最後總会克服萬難，重新回到我們身边！

難不成,要我承認 這是愛的力量!?

請不要說我這又是搞笑的說法!聽我說,咪咪的努力已經超越愛的力量了!他已經正正式式和我們靈肉合一了～～～……

那一隻……不會是我們家的螞蟻吧!?

就是!你的衣服上還有另一隻

螞蟻被我們帶出來了……

家附近

P U B

咪咪已經不只住我家了,現在是我們去那,他就跟著流浪走天涯……我敢說,我也曾經帶過九隻上長榮班机……雖然我家的螞蟻又是美國的普通家蟻,並非紅火蟻之類的,不過我還是覺得很無力,對於咪咪不離不棄、上山下海地追隨,我不知道如何回報……

又換口味了!這家人對我們真好!

要吃香喝辣跟著他們就對了!

毒藥

苦主

誰來賣我 一旦喪命散啊…

還好螞蟻出沒也是有季節性的,並不是一直都有,通常從十二月開始會看到他們的蹤跡微微出現,最猖狂最恐怖的高峰期是在冬春交替之時,只要這段期間熬過了之後,我就又可安居好幾個月。不過這段高峰期間常有恐怖事件出現,就是突然發現大量螞蟻搬入某個櫃子裡住之類的!

倒霉王

上週六，我們終於又重操舊業養魚務農了。寒冬之後，我開始清理魚池裡的不明生長物（青苔、藻類），大王則開始剪理園木。就在我趴在地上清理池塘抽水幫浦，还被大批咪咪圍繞相伴時，眼睛餘光看見一龐然大物尖叫慌張，手上还握著鋸子，往屋內高速跑去！

傳說中的霉神 · · ·
↓

啊阿～
Fxxx！
啊阿～
Sxxx！

我切到
手指了！

咪咪

騙肖A～

在我抬頭兼喘喘氣間，大王已經消失於視線了。急忙間，我也來不及疏散，只好領著後宮佳麗三千喵咪，沿著血跡追隨回宮。

快！紙！
好痛！好痛啊！我好像切到骨頭了!!
「自憐」提大王強項！
才是 不是提.

因為血如泉湧，實在也看不出大王的傷口到底切得如何，倒是大王的慌張很驚心動魄，好不容易我幫他鎖住傷口了，上了繃帶，大王開始叫嚷他會得破傷風而亡！

那我們去醫院打針吧！
破傷風…

本來，是我要開車，但是自憐的大王裝可憐之外，還不忘記自己提開護救車的料！

妳開太慢了…

倒霉的第二件事是，我們家附近的唯一診所最近才因為生意不佳而關門了，我們只好往更熱鬧的附近市區而去！沿途中，我一直介意著低到不能再低的油表。

喂…該加油了吧？
放輕鬆好不好？妳不要再增加我內心的壓力！

緊接著就是倒霉的第三件事：油沒了！車子差點停在馬路正中央！用著最後一滴餘力，我們奮力地至少開到路邊！

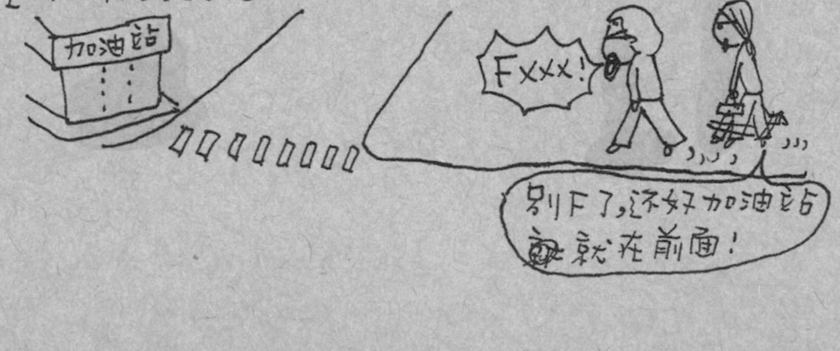
加油站
Fxxx!
別F了，還好加油站就在前面！

歷史往往重演・・・
有一天大王打電話回家，說他的車子在路上「拋錨」了，他在等拖吊車來把車子拖到修車廠。
我冷冷地提醒他一句：「請修車師傅先檢查看看有沒有油。」

下班後他回到家，大大讚美修車師傅老實人又好，不但沒有亂騙事件收費，還給他免費加油，因爲師傅說他是好顧客。——車子果然只是沒油而已。

好不容易提一桶油回車子,順利發動車又再加了油,
倒霉的第四件事:趕到他区,他区的医院也没開!
倒霉的第五件事則是:好不容易又找到另一家医院,
結果該医院說急診已經超額滿了,請明日再來,
就在我們交換著「現在要怎辦」的眼神之際,
突然好心的医院櫃台給我們另一家医院的資料!
倒霉的編号[六]是,那家医院原來就在我們家附
近!我們繞了一大圈,还經过車子没油熄火在路
上的驚嚇,最後竟是回到自家附近打了破傷
風的針!

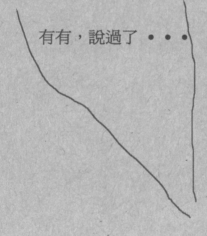

我有沒有說過,
自憐才是大王的強項?

有有,說過了 . . .

那之後,大王在家常々挺出切傷的大姆指來自憐,
好笑的是,又隔二天,同一手,連中指又切傷了!

小餐包恋人

説起來，美國人要不是太注重「家庭需要」，就是食量很大！在超市裡，很多東西都是家庭號的大包裝，用的東西还好解決，我了不起一年份咖啡濾紙慢～用，或者是三个月買一次衛生紙！但是呢！吃的東西就完全難倒我了！我家只有兩口，有時買食物真讓我傷透腦筋！

我是個澱粉類食物愛好者，尤其是麵包、各種餅，我都喜愛得不得了，最低最低也要有米飯這種東西，才能滿足我身體的空虛。

所以我減肥從不從澱粉質下手！那樣我會覺得自己很可憐！我可以捨棄肉類、脂肪類（冰淇淋、油炸物等），我就是不願意放棄麵包或餅乾或一碗飯。

我，想吃這种小餐包很久了……

別買吧！那麼大一包！而且我又不吃那种麵包！

對，就是因為你不吃，所以我都忍著沒買！但是我想吃很久了，几乎忍了三年了！三年來…

大王怕我開始「三年來」的故事，很果決地用行动阻止了我這个説書人！我，終於買了一袋小餐包了！三年來的期待啊…

你放心吧！我從今天起，三餐都会吃小餐包的～

終於等到

原來你這麼愛小餐包！怎麼不早説呢！

但是若要天天吃同一個澱粉物，也果然會膩！如果是今天吃蛋餅，明天吃燒餅，後天吃飯糰，這樣就很OK。

但這樣對在美國的我來說，太奢求、太享受了，我不敢夢這麼大！

大王果然君無戲言，当他說他不吃什麼，果然碰都沒有碰一下！麵包的賞用期也沒多久，我為了不辜負糧食，開始了天天吃小餐包行動！

第一天是奶油小餐包，就像飛机餐的經常性角色！

← 奶油.

← 這是刀。

第二天我來苜蓿芽+美乃滋

第三天我小餐包配宝島肉鬆（亞洲超市買的！）

第四天我還很隆重地煎了蛋來夾！

← 炒蛋

到了第五天，我已經不想再看到餐包了！但是，一袋36粒裝的餐包，还有一半……

那ㄍ是？……

不配些什麼東西嗎？

我的午餐…

不用了…現在配什麼，都是一樣了…

是的，一整ㄍ星期下來，我的主食就是那袋「美國号」小餐包，到後来，我已經像是「吃小餐包」的机器了，感情已沒有，也不必花心思想什麼配料了……到今天，我甚至很高兴看到剩下的几米走出雷达了！

雷。→

終於它…脫雷了…老天爺！感謝主～

我想我是一个有責任感的人！当我要了什麼東西後，我總是覺得，我該一直下去直到最後！這真是可悲的优点，但是不這麼做我心不安！

善心

嗨～松鼠小鳥們！來吃長霉的小餐包喲～

浪費会遭雷匹！

但是空無一動物...

整个下午，只有一隻松鼠撿了一片小餐包咬了一口，但目擊者(我)證实，牠隨後就去棄了！

連老鼠都不吃。

滯消...而且我还製造了髒乱...

又是給麵包？

我不怎麼 呷 意！......

大王從一開始就不解我為什麼想吃小餐包想了三年！當然，經過這一週來的纏綿悱惻，形影不離，我也開始迷惑了，果然是太容易要手擁有的，就不会珍惜！我真的不知道，美國人為什麼不做些「小包裝」的？「含蓄」一点的，有什麼不好？

附图: 在冷凍庫住了一 年的漢堡肉.

(我不吃牛肉的...所以就慢了...)

吃，在美國

我常常覺得自己在美國是ケ很沒常識的人！不要說那种常ヽ在書裡面突然出現的一ケ法文詞或短句我看不懂！就是正常生活的東西很多我都完全不清楚！最簡單的，就說「吃」這件事好了！我剛來時，那裡也看到「Taco」的招牌，這裡也看到「Taco」的立牌。

TACO

究竟…什麼是TACO呀？

被雷打到。

不會吧！？你連TACO都不知道嗎！？

好吧，終於我後來知道 TACO是墨西哥食物，一种薄脆餅裡面夾青菜和肉和起司蕃茄。對於我不知道TACO的衝擊，路人形容是一『就好像有人不知披薩是什麼東西那麼可怕！』

還好我沒說TACO是章魚之類的…

中驚

駕ヽ…

然後呢，不要說我們是異國夫妻所以飲食也國際化，事實是，美國本來就充滿了各种餐廳。最常見的除了中國餐廳及義大利（披薩、通心麵）餐廳外，墨西哥餐廳（TACO）、泰國餐廳、日本餐廳、印度餐廳…也是四處可見！

然後每次打開菜單，我的頭腦就一片空白～～
坦白說，我覺得這些菜單根本就是「歧視美國人」！

然後當我好不容易看到「咖哩」字樣，我就會很
驕傲，因為那似乎是唯一看得懂的詞！
這種知境也不是只有印度餐廳才上演，就連TACO的
餐廳也一樣！

然後阿烈得对日本菜还意外地沒有好感，原因是他第
一次去時，因為看不懂菜名，不知吃了什麼奇怪的東西，從
此以後就嚇到了，再也不願試日本菜！
如果你以為東方的我，對日本嘩（菜）应該有比較深的了
解，那就錯了！在美國的日本菜單沒有漢字，都是「英文」
—— Oroshi, Tataki, Fotomaki, Yakimono, Unaju, Nuta
…… 坦白說，我看得懂的，也只有 Sushi 和 Sashimi，而且

我还意外地发現，連 Shabu-Shabu 都有！另外，便当叫「Bento」！我真的不相信，看得懂的有几人！

大王 復仇 記。

結果，你以為最友善的是中國餐廳嗎？那就錯了！我第一次去超市買炒麵時，看到的價格標連我都不認得──Chowmein（炒麵!!）

對！炒麵就是「巧面」，炒飯則叫 ChowFAN「巧變飯」，而同一樣東西，「ChowFan」在韓國餐廳則叫「Bokgeumbap」!!我猜日本餐廳裡，又叫另一个名字了，可惜我看不懂！

所以說，我始終覺得在美國，种族歧視實在不算嚴重……

因為歐美人士這麼愛用他國的原始譯音，所以閱讀英文書實在增添了許多難度！很多小說為了添增情節的外來感，也為了表現細膩化，常常會用這些只有歐美人士才會直接懂的他國譯音辭句，有時就甚至直接加入西班牙語、法語等等這種全球也很多人使用的語文，但是對我來說真是雪上加霜！英文閱讀本來就沒有血氣全通了，現在常連筋脈也不順啊···

美國 兩大迷團

在美國,有一个人人皆知的神祕区域,那裡,地圖突然不清不楚(雖然你可說,因為那是無人居住的沙漠地帶),一但靠近,还可以看到「禁止」的告牌,這真是令人又好奇又無奈,它,就是著名的51区—AREA 51,位於內華達州之南部,拉斯維加斯之西的北方。

有些人猜是食外星人研究中心,也有人猜是美國高科技武器研發中心。

重要的是,美國政府都否認了

很怪……

我幾乎是相信有外星人的——拜託,宇宙這麼大,怎麼有可能只有地球這一個小星球有生命?
只是我不確定外星人的科技一定就比人類高,也許和我們一樣,也許比我們好一些,但仍然無法突破遠距離外太空探險或旅遊的障礙。
這是我相信的猜測。

美國政府說,它是一个軍事基地。因此常人不得接近進入,飛机也不得飛入上空,說起來好像很有道理,可是偏偏一直以來,連那附近傳說有人目擊UFO,或不明物体的消息,又一直没斷过!
我当然也没看过AREA 51(請注意,它的51区並不意味就有AREA 50或49!或38什麼的),不過我和大王兩度造訪 DEATH VALLEY(死亡谷)一帶,也曾經非常靠近傳說中的51区……

都没人,風車好地方!

看起來就像一片荒野沙漠……

不過，若某山丘裡藏了什麼，也很容易欺騙世人吧！

所以呢，51區不只對我是ㄍ謎，對全美國人民來説，也仍是一ㄍ謎！我對51區的好奇不是只有外星人而已，我更覺得往那一片荒漠看去，好像突然看到小王子也不離奇……。

美國另外讓我完全曝露出無知的地方，是「首都」！

時光机 回到去年聖誕

這拼圖是不是搞錯啦？

小美國

時光机在哪兒啊!?

為什麼？

美國首都不是紐約嗎？還有，華盛頓州的首都不是西雅圖嗎？

大驚！

丢驚鈴笙青塞中

各位，我想很多人都和我一樣，以為紐約是美國首都（其實是華盛頓DC），而説到我住的華盛頓州（和DC不同），竟然首都是olympia而非西雅圖！

不只如此，加州兩大有名都市三蕃市、洛杉磯，都不是加州首都，而是一ㄍ叫Sacramento的城市！德州首都是Austin而非達拉斯或休士頓；內華達首都是Carson而不是拉斯維加斯；伊利諾州首都是spring-field而不是芝加哥；……等々，不可勝數，當然，最讓

我愛你
……
不要不理
我嘛
……

不好了！
有狗仔偷拍!!

我驚訝的，还是紐約所在的紐約州本身，它的首都叫 Albany，換言之，紐約其實什麼都不是！它既不是美國首都，連一州之首都都不是！！！

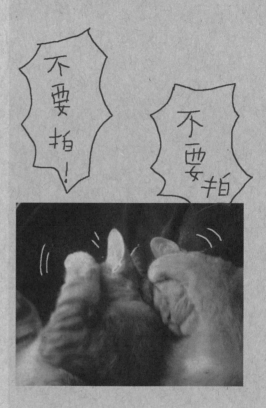

原來美國那些有名的大城市，沒有几个是首都，而這件事我竟然從「小兒用」的拼圖遊戲裡才知道！可見我的常識連小兒都不知…

夏威夷行 之一

黑沙和溶岩

噢!夏威夷!聽起來多像是被旅遊業炒過頭的無趣又貴的地方!

可是,連我這一个不愛逛大自然風光的人,都覺得它是一个稀罕有趣的特別地方。不只是因為夏威夷群島遠離「陸地」,自由地在太平洋伸展,更因為夏威夷群島本身就像是个「有生命」的島群——它們的沈浮演變,像是手拉手的島嶼群,慢慢在海洋中,往南游去…

夏威夷大島

夏威夷島們都不是土地耶,都是火山礦漿冷卻形成的…

最北的几个老島,因為早停止噴漿了,也逐漸縮小消失於海洋中

好神奇喔!
个我以前都不知!

最南也是最新的島(大島;夏威夷島),則仍在噴漿擴展面積中,而這也是我們這趟旅行的目的地!

可以想像嗎?我們現在正開在几萬年前不存在的土地上!

真的好神奇,好浪漫~

同樣的,在最北的 NIIHAU(你好島)和 KAUAI(可愛島),則是以前曾走過的地方,已經逐漸一步步,永遠沈睡海下了。

除了像手抱手的島群們往南移去，遠離人煙之外，夏威夷所在的時區，也像是遠離「時間」——它比台灣時間慢了幾乎要一天！（18小時）在那裡，當全世界大部份的人都走到了今天，夏威夷還優遊於「昨天」裡！彷彿不在乎世間時空，自己快樂地在太平洋中嬉戲…

除此外，夏威夷還島小，山卻高，

因此早上在山上玩雪，下午在海邊游泳，這種情景哪裡會有？

真的不是海灘而已!! 夏威夷夏的很特別！

※五月後山上就不太有雪了，雖仍冷。

即使單提海灘就好，夏威夷因為火山之故，有世界少見的黑沙灘！綠沙灘！（當然也有白沙灘，但較不稀奇）

火山和海水啊

水火一向不容，但在夏威夷的黑沙灘上，卻是水火相容的成品！我一定要帶一把黑沙回去…

這該會保佑「家和」吧？

不要帶黑沙！

書上說會帶來惡運!!!

結果大王一喊，我立刻把手上的黑沙放走了！原本我以為是吉祥物的東西竟然不吉！因此心有未甘的我，只好撿了一片「夏威夷土地」（岩漿塊）帶走……

為何黑沙不吉利？

回飯店翻書給我看！我要知道WHY

好：妳總算也願意看書了……

岩漿塊。（也是黑的）

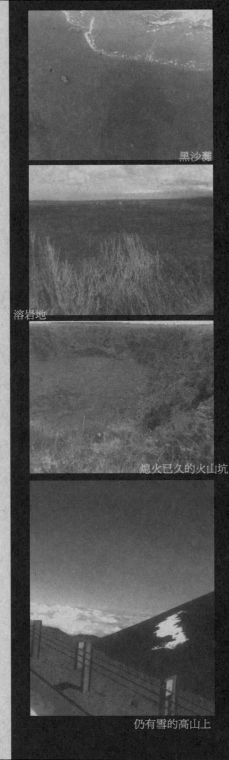
黑沙灘
溶岩地
熄火已久的火山坑
仍有雪的高山上

結果,回到飯店後一查書,並不是黑沙不吉利!不吉利的反而是我常回的岩漿塊!!(聽說很多旅客帶回岩塊的,招致火災等惡運,因此都把岩塊寄回夏威夷!!)

都是你筆記錯!!!

書我沒拿到吉物反而惹到火神!!

什麼我!?是妳自己都不看書!!

(書上沒說黑沙吉利,是我「自認為」!)

感謝小岩塊的火力祝福,我和大王果然又吵了一大架——隔天,我趕緊將小岩塊回歸夏威夷土地!

除了「土地」自身的特別外,夏威夷的「人神」也很特別!在那裡,除了夏威夷土著,更有1/4的西方住民及1/4的亞洲住民(日本人佔多數),因此食物上也就有意思了!不只蔘菜單上以米飯為主的食物輕易可見,連桌上的調味料都是東西合併的!

醬油.
↑
醬茄醬.
黃芥茉.
←醬油.

我喜歡夏威夷....很公平的地方!

當然啦....你得看得懂夏威夷菜單,要不然,管你是東方或西方,你都不會知道什麼是 Laulau 什麼是 Locomoco!(問服務生,他們會解釋)你只會覺得,好像每道菜都叫「呼啦」圈之類的。

Hula 源自夏威夷.

早餐通常在飯店露天看海

飲食多元　也有德國餐廳

東西合併的調味料

夏威夷行 之二

四車輪驅動。

我們到大島第二天，大王就去租車公司換車了，因為旅行社安排的車不是四輪驅動的；大王奇拉拉（夏威夷名，我亂取的！）不爽了！

兩輪OK

兩輪不OK

我要去山上啊～

危險的地方在呼喚我～～

我要去山谷啊啊～～

呼～

大王 奇拉拉

皮皮挫...

佛

別口吧...為何每次旅行總要驚而險!......

我祈禱又祈禱，第一天結束於「雲霄飛車」路和海灘，所謂的雲霄飛車路是指 Saddle Road，地圖上看起來只是一條公路，其實路況不甚好，雖是兩向車道，但因為兩旁太爛了，很顛，所以大部份車子都開在「正中央」，除非看到對向有來車，才會閃回路旁去顛个几下。然後因為它起伏挺大的，感覺得很像在搭雲霄飛車！

這條路有接通往「山上」的支路，但由於當時我們沒有四輪驅动，因此就沒上山，只去了東边 Hilo 市小小瞎拼一下。下午回飯店海灘，各自練功…

側面看

前魚日西 ➝

肉粽包 ➝

在沒有四輪驅动時，我的日子過得挺幸福……

山

山坡

只准四輪驅动下去。
因為路非常斜（急降坡）
一道，稱不上是路吧？

囝：那山区無水無電與世隔絕，妳不想去看嗎？

喵：書上說「有人開了二輪驅动，結果車子失控跌下去了……」
⊙不用說，後來那本旅遊書變成我的聖經！

另一处山

囝 山上有世界最好的望遠鏡（天文用）え一吧！

書上說…只許四輪驅动車上山頂……

其實，不下山谷，不上山頂，夏威夷也已經夠好玩刺激了！你可以開車去南边看火山溶漿入海的情况，也可以去看石坑火山口（有些已冷却，只是一个大凹坑），还有 Lava tube（溶岩隧道），在深处，你可以体驗黑暗之最！島上更有數不清的洞窟（cave）值得

探險和發掘！还有「半荒廢」的一些小鎮，復古地不像复感更……

但是大王 Kilala（奇拉拉）还是吵到一輛四輪驅动了，
他安慰我説，只是要去「另一个黑沙灘」……

高山上的天文觀測站

沙上開車，当然要四輪驅動啊，不然怎閒得上去？

你真的只是要黑沙？

没錯，大王没騙我，我們確実拿到四輪驅动車去的
第一个地方就是真黑沙灘，但是，那是上一夏第一个圖
的那个「山谷」下的黑沙灘！

啊呵

←船

沒有駕駛人的圖？？
因為我管不了他死活了。

不誇張，有這麼斜！（車子岩到車不好，也死定了！！）

這麼驚險地來到這北方的山谷，其実一到海灘，我

與世隔絶的黑沙灘

就覺得值得一驚了！那裡不但是黑海灘，同時也有
一條河出口！我就在那水南火中，淡水和塩水交会処，
收集了一小瓶我的黑沙！！

（有動物）

(山)　　(山)(山)

(河)

這裡曾發生海嘯，原居民大
都遷走了，後來來了一些難民，
就住到這片没水（自來水）没电
與世隔絶処，过着不問世事
的生活……

＊手机完全没信号。

～～(海)

真的很特别

半荒廢小鎮之一

太陽的背面

西元一千七百多年時，有一ケ英國籍的船長庫克(Cook)來到夏威夷大島，一開始他被夏威夷人以為是神，所以受到盛大而熱情的款待，如果他就此順利離去，也許命運会不一樣，遺憾的是，他的船離開大島沒多久就出問題了，必須返回大島。而回到大島後，庫克是神的身份立刻就遭疑惑〈神不会無力解決自己問題〉，加上一些誤会，最後庫克慘死夏威夷，也因此，大島就有了這樣一ケ特別的景点Cook's Monument (庫克遺跡)，這可以說是大王在夏威夷最想去的地方！

原諒我，奇招招~
我不会游泳

就算租小舟，也要会游泳……

雖然那裡並不是島中島或什ち的，不过因為當地形險峻，不会游泳是到不了的……

庫克是第一ケ發現夏威夷的白人，並非他有什ち了不起我非去朝拜不可！這ケ小景点有意思的地方在於——它是英國屬地！——就好像你家全部屬於你，可是，你家中的陽台有一小塊磁磚大的地，卻屬於別國的！〈不过不需額外簽證就是了…〉

夏威夷的一種花

因此，大王不得不放棄庫克遺跡，而我也不敢說我不想去——mo'okini Heiau——大島極北處，一个古時殺治人祭神的地方。

人被殺死的地方，到底有什麼好看的啊……

不过，已經因為我不能去庫克遺跡了，我就別作声吧……

你如果到時真的不舒服，我们就立刻走人……

mo'okini heiau 結果成為我在夏威夷最害怕的地方排名第一！並不是我見鬼了，也不是我有什麼特殊感应，也不是我大慈大悲到達極点，（雖然我也是抱著康樸的心去哀悼），而是那裡的路啊——更恐怖於上回的險降坡！

這种水坑，应該沒什麼吧？

慢點開过去…

Mo'okini Heiau
寂靜得恐怖
雖然是天氣晴朗的大白天

結果一開下去，車子就可明顯感覺到有些打滑，把我嚇得半死！我第一次对四輪趨駆动不再有那麼多的信心！雖然這條路是平地，不是上坡也不是下坡，可是週遭可是一戶人家一点人煙都沒有！可能鬼魂还找得到ㄋㄟ！

沿路上大大小小的水坑數不清，最後的一ケ，也是最大的一ケ，連大王自己都嚇到了!!

天啊!好滑!開得出去嗎?!

別嚇我!若開不出，我們今晚不就要在這裡伴怨魂?

半台車子'都在水裡!!

↑
路上並無他人，我猜沒多少人会來此觀光!!

勉力衝出泥水坑後，大王是覚得鬼魂已経不可怕了!而我則是萬分擔心回程是否能如此幸運?(已経到達只有「運」能解決的驚恐了!)
西元11·12世紀，來自大溪地的pa'ao王將祭治人的儀式帶到夏威夷，在車子一路開來都如此痛苦的這條漫長路途中，pa'ao讓人力傳送大批石塊在這裡築了高牆，然後也在這裡屠殺了無數夏威夷人!神若有知，怎麼会讓人類如此相殘?
回程，再一次充滿幸運地渡過了最大水坑，這一回則又更驚恐勝於上一回，因為水坑二次攪和後，更滑了!

那ケ人···不是鬼魂吧···?

不是啦!是觀光客，聰明!用老的!

可是很遠吧···

獨自一人

ALOHA

這裡真的是我不願再去的地方!因為有一種想發瘋的感覺!明明陽光藍天那麼好，但是它死寂得令人窒息···

夏威夷行 之四

晶球 裡的 世界

任何人,只要下飛机一踏上大島,一定立刻可以感覚到夏威夷的風情——半露天的机場!!——説起來,只能説像大而精緻的涼亭,一个屋頂,沒有牆壁,連安全的檢查的那些X光掃瞄器都在室外!簡直讓人有一种荒謬的感覚!

沒有牆的機場,走進去就是航空公司櫃檯了

在這兒要跳机応該很容易吧?

然後呢?你要逃到哪裡去?能游到哪?餵沙魚嗎?

安檢

説的也是,大島雖是夏威夷群島裡最大的一个,但環島開車繞一圈也不過五个多小時左右,實在也不大,奇的是,這裡山还挺高的,島上兩座山,任何一座都比台灣最高峰还高!(玉山:3952公尺;Mauna Kea:4205公尺)

我們行程的最後兩天,不但沒有温和下來,反而很劇烈,又搭潛水艇又上高山,害我差点兒承受不住那了「壓力」!不過二者都是難忘的!

[註]:Mauna Kea如果從海底部份的「真正山底」算起,它是世界第一高山,比聖母峰还高很多。

據潛艇業者說，他們的潛艇是在華盛頓州打造的（我住的這州），潛艇真的很特別，兩壁都是圓窗，輕易就可看到海底的曼妙世界！

潛艇浮出水面

對不会游泳的我來說，我真的很感謝這个有空調又不太有噪音的潛水艇！讓我在寧靜中觀看了美麗的海底世界！這一項活動，也是我認為在夏威夷旅程中，最安全而平和的一个！

潛艇內部，許多觀景圓窗

推不停 誰説的？很恐怖好不好？

我確信這个人有幽閉恐懼症！險路高崖都不怕，偏々坐个全家老少咸宜的潛艇，卻嚇求得發抖！！

然後就是最後一天，本來我打算在飯店海灘懶散就好（或是去做SPA），結果大王臨時決定上山，我半推半就下答应（畢竟我很想看世界最好的觀星站！也想看天文館！）

13000FT高 標處

這裡的高山好處是路不算太險，只有最後那几公里路还没鋪好，需求四輪驅动車，不過大家都開很慢，倒不是路巔，而是太高了，急上的压力對人体不舒服，而且山上空氣也稀薄，没有這樣々慢々調適是不行的！

結果這樣慢慢開了，當我們到達山頂時，我仍然之刻不舒服起來，放棄了我最愛的天文設備，我們幾乎是上了山了頂，又立刻下山！儘管如此，大王已有了攻頂的滿足了！

車上

果然山上有雪呵呵……不過我沒心情看……

不知怎麼的，去過很多地方的我和大王，對夏威夷不約而同產生莫大的好感，我們這趟唯一的遺憾就是沒去看庫克船長的遺跡，其餘的，都是心中美好的旅程。雖然我沒參觀天文設備，可是即使在大島的平地，在夜晚，你仍能看見全世界的星星滿佈天上……難怪會有那麼多遊客，要在黑岩地上用白石排下紀念的話語。（在大島西邊沿海公路，從机場一路往北開，路的二旁全都是遊客堆的Messages！也算特別景觀！）

如果有机会，你一定要來夏威夷看看，「讓世界把你遺忘了幾天」，或，你把世界遺忘了几天……

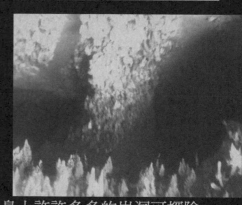

島上許許多多的岩洞可探險

郵差 總是來按鈴！

我家這一区的郵差，是一个看起來还蛮和藹的老伯，他也是讓我在國外生活，除了阿烈得之外，对話最多的外國人！

但我猜，他的服務範圍內，他最不喜欢的，大概就是我家！這也是為何，他经常來找我「抱怨」！他和我的「恩怨」，竟然起源就在他送我家的信的第一天！

你不可以把垃圾桶放在信郵箱旁啦！這樣会挡到我開車的路！

当日也是收垃圾的日子！

Sorry，我不知道一

有細心在美的讀者注意到，美國郵車駕駛座是和一般車子相反的，也就是駕駛座在右邊，所以郵差探出身子放郵件入箱時，就不需移動很遠。

我經讀者一提才注意到，真的耶，雖然郵車還是開在路右邊，可是駕駛座真的也是在右邊。

在美國，郵差的車通常一辺没有門，郵差沿路開，只要探出半身，就可不離車，把伩件放入伩箱

↑会挡到郵差的路！

再來就是我家本身，大概也讓他「不得不」多做許多額外運动，尤其是当我有包裹時……（不管需不需求簽收，他都不能把東西留在馬路旁！）

主屋
大門口
車庫

又是這家有包裏!!我又得上下樓梯了!!

上下樓梯不打緊,但我家樓梯又很陡,很容易跌倒,尤其下雨天,更加「滑」!

他大概也曾滑倒過,因此極端不喜欢下樓來,偏偏我這異鄉人,從家鄉來的包裏也还蛮頻繁的!

我剛才在对向車道叫好啊!你没聽到嗎?!

大門

←買鞋回來

一般都是如此

我以為你送完对面的才会折返……

可是剛好看到妳在上面,我想可以順便把妳的郵包先給妳!這樣我就不用下樓了!…没想到……

然後,当然大王的「車陣們」也讓他很不便!

你家車子吧停得太離譜了!很難走下來吔啊!!

抱歉一抱歉一

本來下樓就已夠累了……

每次郵差一抱怨,我就和大王提,我的意思並不是要大王去和他吵,而是我覺得這些問題同樣是居民的大王也該知道,以免他亂停車造成郵差不便。

可是大王很不爽,他覺得郵差先生實在太「嬌」了吧?大男人多走幾步路算什麼!

所以他也和郵差吵過,還撂下狠話說『以後包裏都丟在車庫外,掉了就算了!』,郵差也氣憤憤地回說『好啊好啊,那就這樣!』,只有我在內心狂喊「不行啊!不行啊!」。

結果郵差隔天還是拿包裏下樓來,還道歉了呢!我也趕快露出好臉色,盡力巴結,我可不想我的包裏被隨地亂丟!

有時我才在想,女人哪有特別愛吵?男人才愛計較呢!

什麼叫「我也是居民」?!我是大王～～!

还有上次我們去歐洲近一個月,回來也被他唸!

曾経有一度,我还以為郵差看我不順眼,就是故意找我麻煩!

這個郵差其實真的很厲害了!
前幾天收到大王的叔叔從挪威寄來的卡片,我們家的住址又是被寫得不三不四,(我以為挪威歐洲人不會犯這種錯誤!結果也是一樣,和我媽差不多。)郵差也是寄到了,而且似乎已經習慣我們家的郵件就是這種鬼樣子,連提都沒提一聲!

神奇 第四台。

美國的「第四台」，頻道也是非常多，光是HBO，就有6、7台。不過呢，在台灣我們付一筆費用就可以看完全部第四台的頻道；在美國則分好几种「等級」，你付愈多錢，能看的頻道就愈多，如果只付「基本型」的，很多電影頻道都無法觀賞！

你当初是怎亐選的？

我喜欢电影啊...但，

怎亐我们家大多是各种体育台？我们有要進軍奧運嗎？

指好来→塢式的。

我怎知啊啊？我又不關心那些無聊的电影

因此呢，我們也常去百事達租片，不過租片的麻煩是，常過期忘了还，而被罰款！

每次要看屄又不負責还！

換人風潮

好当我當凱子啊？

你比較有外出啊，怎亐上班時不会順便帮一下...

小氣...

但，這些都是過去式了，現在第四台的服務已經又有改變，在家直接用搖控器，也可以直接「租」影片，更神奇地，它一樣可以「暫停」、「倒退」、「快轉」！（完全是 Cable 在控制，並沒有真正一片 DVD 或錄影帶在你的机器裡！）完全也沒有「还片」問題，付了錢、看完了，就兩不相欠了！！（帳款添加於下次第四台費用之帳單）

我離開台灣多久了啊？

這一篇寫出後，馬上就有讀者告訴我，台灣第四台也已經是這樣，可以在家下單看電影喔！••• 我離開台灣之前，還沒有這種事啊，所以我一點兒也不知道！

現在還有人要去租片嗎？

比起來，当然还是有差異，畢竟百事達的片，包含的还是比較廣，而第四台的服務很方便、完全免出門、免还片，不过 選單上的片子，还是很有限，主攻「新片」比較多！一些舊片你还是得「实体店」裡找！

不过，我迷上第四台的服務，並不是我懶得还片，而是对於「並不持有 DVD，卻可暫停、倒轉或快轉」感到非常神奇！

暫停中

若看到一半想睡覺，你一樣可以保留，明天再繼續看！

还有就是，有些片，你甚至可以先免費看「預告」，再來決定要不要order，這一點我也覺得比租片只能看簡介和參考外殼劇照好！

總之，我覺得美國的第四台，真的是很神奇！

現在科技進步可真快速，說到電視，我真想買一台 Slingbox 或 Location Free 安裝在娘家！這樣我就可以在美國透過電腦網路，看台灣娘家所有的電視（含第四台）頻道了！

可是這兩台都不便宜啊！而且我也常常自問「電視有那麼重要嗎？」，這也是我至今一直遲遲沒有買的緣故！

②隻毒蟲

家庭主婦都知道，如果五年或十年都不去清廚房的油煙污垢，那廚房會髒成什麼樣子！恐怕只能把整組廚爐、抽油煙机都拆掉，整組重新買，才能繼續廚房功能吧！

可是，抽煙的人，你能洗肺或揆肺嗎？

一直以來，我都知道自己的行為在殘害自己的健康，但戒煙實在也讓我屢戰屢敗，且不說戒煙多難好了，其實，現在抽煙也很難，而且會惹不少麻煩！

我們在網路買了二年多之後，突然間，現在也查得愈來愈嚴了，吸烟者儼然像 犯罪 似的，除了被迫一定得花大錢買煙外，似乎也沒有更好的處罰方式，讓吸烟者心服口服的！

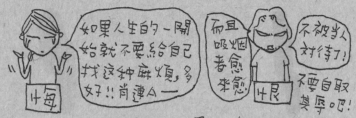

如果人生的一開始就不要給自己找这种麻煩,多好!!肖運△一

十每

而且吸烟者愈來愈...

不被当人对待了!不要自取其辱吧!

十艮

悔恨中还戒不掉的人,是加倍地悔恨......

「口嚼香烟」　　尼古丁點片

意 志 薄 弱

愈是戒烟,反而愈是多開發了尼古丁進入身体的各種管道!!还不如只單純抽煙......

我同意,我尼古丁都太过量了…

有一回,我还看到一种廣告,廣告説,他們的香煙平均一包只要1元多(美金),不过他們不可能賣你成品,他們只能給你煙草,和會已有濾芯的紙管,你得自己組合!但免費奉送「組香煙机」,我們於是很高兴地買來試!

三天後

不对啊啊...

我們家好像變成製煙代工廠!!!

説的也是!我們在于搞什麼啊!?

加工業。

有濾嘴的香菸空紙管

菸草

組香菸機器

家工業。♡

其間当然还包括我曾嘗試改吃口香糖,結果煙没戒成,連口香糖都上癮了!又抽煙又吃口香糖,忙得不可開交也就算了,还收到姊々轉寄的EMAIL,警告口香糖吃多了也危害健康的研究報告!!

誘我…死了吧…

不过死之前,竟然还想哈一根…真正可悲!!!

我心去然…

昨天呢,看到台灣的新聞報導,台灣有家公司研發了戒煙香煙,号稱無尼的,並且抽它可改變你的口感,会達到戻憎原本香煙的目的!

当然,這則新聞成功地又引火然我一線希望……

NT 2000

一條2000元!?

可真貴啊!!!!

当然,新聞也說了,它並象还不被證実,对人体無害或無副作用…

但我想,我还是会試々看…畢竟,抽煙、戒煙都花大錢也就算了!近々年來,抽煙者不但不可輕易喊叔利,还要小心翼々地不要被指責為不良團体的「支持者」,很可能你不小心抽錯煙,就幫助了某黑幫!我說,年輕的你,請不要「開始」吧!它是一條完全麻煩又無益处的路,何必走進來?

後來我沒有試戒煙香菸,因為後續又有別台報導,那個東西可疑,或許會對身體有傷害。

難怪台灣的新聞媒體,「被信任度」已是低到不能再低的離譜!如果連新聞都要這樣八卦不負責,都不能信賴,要新聞台幹麻?全改成娛樂台大家還不會苛求!

總之,關於戒煙的新聞我挺注意的,美國最近通過一項戒煙藥物叫做 CHANTIX,這是一種吃了會讓抽煙失去感覺的藥物,抽煙將對抽煙者不再提供任何享受或滿足或振奮感。

這項藥物在歐洲早已通過核准上市,美國則是近年才通過,而且是個需要醫生處方籤的藥。因為是核准上市的,我打算試,只是一直沒時間去找醫生開處方籤。

另外最近又有一則新聞說,一些醫學研究人員發現腦島受傷者經常突然成為不吸煙者,好像關開關那麼簡單,啪一聲關掉,就自然成為非吸煙人,完全好像那個人以前都沒抽過煙。研究人員對這項發現大感驚奇,現在已經在著手後續研究,未來或許會出現某種手術,將腦島進行破壞,達成戒煙目的。

這我等不及,還是先試試 CHANTIX 吧!

Kenmore 照相館

以前,我非常不喜欢我護照上的大頭照,總覺得相館可以再幫我修得好一点…但是這几年的美國生涯下來,林林總總的證件照一比,我護照上的照片,竟成為最美的一張!最可見人的一个證件!!

路遙知馬力～

pass port

1 2 3

※第二、三名
直接從缺。

上次回台拍換新身分證的大頭照,直接感動到痛哭流涕,一次就拍好,沒・有・怨・言・
因為比起美國來說,台灣的相館實在太寵客人了,說實在的,我檢查都不必檢查,我知道一定有修片的啦!被修得名模膚質就遮五醜了,我笑的好不好看,根本不重要。

我來美國後,因為也人生地不熟,一直在同一家照相館拍大頭照,因此我一系列的移民照片,都出自这一家相館,老闆也不是洋人,还o是日本人呢!

要照了,微笑一

雖然他照得不好,但大家都是出外人…算了…

而且我也聽聞，美國照大頭照，沒有人在修片的！通常拍出來怎樣就是怎樣了！

僅管如此，我还是聽說許多華人朋友，去和那位日裔相館老闆吵架，嫌他拍出來的大頭太難看，聽說还有人当場照片也不要，錢也不付，就走人了！

我不一樣，我和老闆說，

你要拍到我滿意為止！

⋯⋯好

大家都好好哪！！

前几天，我又得去拍大頭照了，因為又要申辦申报簽證。但這一回，我想「反正哪裡拍都醜，就沒必要去日本大叔那裡了」！畢竟開車过去也要花一些時間來回，不如我在家附近拍一拍就算了！

我住的這ケ小地区叫 Kenmore，在西雅图的東北角，整ケ Kenmore 市不大，原本隸屬西雅图，也不知從哪一年起，「它獨立」了，就叫 Kenmore city。而我就在網路上搜尋這一小区的相館，原本不懷抱任何希望的（因為 Kenmore 市真的很小），沒想到查一下就找到了！还在我買菜順路的途中！

先 email 去問它吧？搞不好他們只賣相机而已！

不过他們是有段歷史的老店吧⋯搞不好做法传統，有修片！！

湖待三

開始自拍

KENMORE相館也不是一點好處也沒，就是因爲見識到他們那樣拍、且那樣的相片就OK過關，我終於開始有自信自拍自印了，從此省下拍照費，連化妝都不必化了，也不必出門，自己在家靠打光還勝過化妝呢！而且照片進電腦後，我還可以自己修青春痘和毛孔，實在太方便了！電腦再調色一下，氣色就好得像長年吃燕窩！

（接下頁）

有修片？我是異想天開了！
我接到回信，对方確認有拍大頭照，於是我也
化妝出門，前去拍照……

數位相机

我把背景
拉下…妳就
站在前面…

什麼!? 就在
店裡走道
上嗎!?

沒錯！日本大叔再差也还有
个拍照間呢！而且还有打燈光!!这間kenmore
相館竟然在走道上，直接從天花板拉下白背景，
就可以拍了！用的是數位相机，連灯光也
沒，直接就用相机閃光燈當打光了!!雖
然，妳可以「事先」看成果，还可以「兩組選一組」
喔！

妳看～哪
一个妳比
較喜欢？

←數位
相机預覽。

兩組都
很好，哪
一个都OK
……
有差別嗎?…

我說台灣的相館真是生意難做，連全民要換發
新身份證，大家都还怕相館賺翻了！想起那
被罵得要死的日本大叔，再经歷了kenmore的大
頭照経驗，該給人家賺的，就給人家賺吧！也
算是一种鼓勵吧，謝々他們願意修片！

當然，自拍會有一個問
題，就是有一邊的肩膀
因爲要拿相機，所以會
比較高，也會隱隱看見
上臂往鏡頭來。
但是，這也難不了不願
意買相機腳架的我！
我通常在拍時，會十分
盡力保持沒握相機那一
邊的臂膀平整，而且一
定穿素色圓領T恤，照
片進電腦後，我把完好
的那半邊肩臂（不含臉
喔）拷貝複製並反轉到
另一邊，中間剪接處再
修一修，還要故意修得
不是兩邊很平衡，真的
是完全看不出我那是自
握相機自拍！
當然，阿姨我天天有在
練，普通人還是不要亂
來好。

無線 生活

異想

我有個感覺，以後的世界上網不需要一個電腦或ＰＤＡ螢幕，而是用「投射器」——大約像手錶那麼大和方便，投射到眼前的空中或任何平面（桌子上啦、筆記本上啦，都可以），又或是人人都有一個如眼鏡的東西，一戴上就可以開始瀏覽（眼鏡這個點子比較能保有上網隱私權）。
至於鍵盤，不是用聲控就是投影（其實現在已經有投影式鍵盤了耶），要不然再低科技一點——捲著走的攜帶式軟墊鍵盤（也是已經有了）。
大概是這樣吧？

前一陣子看新聞，新聞說西雅圖是全美最「無線」的城市，在這裡，幾乎人人都可以隨時連上網路，我不得不說，我同意！

前兩天也讀這裡的報紙，報上說，有一个人申請並安裝了無線網路設備，從此他在家中任何角落，搭配手提電腦或PDA，隨時可上網，處理公事、收發EMAIL等！可是用了好一陣子他才發現，他用的竟是「鄰居的」無線訊號，並不是自己的！後來又花了好多工夫，才將自己的架設好！

話說二年前，我們也開始使用cable，而且还一開始就買了一台所謂的「个人基地台」（或說無線分享器）！我自己的私人桌上型電腦比較老舊，並無法「無線」，因此我必需使用「有線」，將線路分別連接到電腦和基地台；而太王的手提電腦因為有內建WIFI，照理，他是可以「無線上網」，

可真鳥司！

不过比起我的经验，我的也不高明多少！

不行！沒有訊号！！

一定是基地台漫壞了！無法發送訊号！！

拼命對準！其實根本沒差！又不是紅外線傳輸！

我不懂这些東西……你説就是了

比較起來，手提電腦是比基地台貴多了！所以大王當然先拿電腦去給人驗證，去確定不是因電腦有問題！

維修

沒有喔～電腦沒問題～

我就知道！一定是我的基地台是壞的！

基地台才買沒多久，趕快拿去換一台吧！

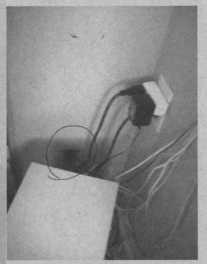

挖洞大師果然挖了從我的電腦放置處

結果我們兩个懶散夫妻，拖了很久，好不容易有一天帶著机器要去換，又忘了帶發票，沒換成只好原机再帶回家，後來又一拖再拖，拖到已过了換貨期限！

（一牆之隔，就是我的電腦。）

到隔牆大王的書房後來因為大王那面牆多安置了一個書櫃，所以連書櫃底板也被我挖了一個洞

挖洞大師

我不管了！我們在牆上挖了洞吧！这樣二台電腦都可以接連接線，就都可以使用網路了！！

好不要到处挖洞好不好！？反正我們撥接上網还沒取消，如果二人同時要上網，其中一人可用撥接啊！

好啦！—— 在此我要公告一个事实，那就是今年我買了內建WIFI的PDA之後，才發現，我們的基地台根本沒有壞！我隨時可以在家中任何角落用PDA無線上網！只是这个事实發現得

有夠晚，因為●在第一年的「老是我用撥接大王用cable」的貧富懸殊下，牆壁當然已經被我挖一个洞了!!

看吧! 如果你能夠委屈一年，那片牆就能維持完整了...

还敢怪我!? 你究竟是不是微軟的工支而已啊? 怎么对这些事都不了解!?

竟然一直到今年，我和大王才開始享受無線的便利! 設備都買二年了! 真令人氣結......

好了，話說西雅圖是全美最無線的都市，終於嚐到無線的甜頭的我們，当然就想把过去的損失賺回來!

看我買了什麼? WIFI搜尋器吧!!

以後出門在外，都可找到免費的熱点了!!

*HOT SPOT

MADE IN TAIWAN!! 台灣真厲害!!

↑說明書.

此後數週，我們隨著WIFI搜尋器四处掃瞄這个城市，真不是蓋的，HOT SPOT 到处都是!!很多地方甚至瘋狂到机器讀不完!要找到免費可用的，一直都不困難.

妳不要連出來吃个飯也要上網吧?

人家競標的東西要結束了嘛.... 再二分鐘就好...

我現在已經有點厭倦用ＰＤＡ上網了・・・主要是因為螢幕太小，移來移去看得實在很不舒服，也不痛快！
可是我並沒有後悔用ＰＤＡ，因為我選購的那台ＰＤＡ還是我所需要的「多機」合體，而且出國時反正也沒什麼時間上網，還是用ＰＤＡ查查電子郵件就夠了，真的需要查一些資料時，ＰＤＡ也是夠用了。怎麼說還是比ＮＢ輕巧方便。（筆記型電腦畢竟也不會照相嘛）

我的愛車。

我很少提及我的愛車,因為它說起來是件極可笑的事!

從2002年四月大王為我買了它,至今已經三年多了,我的總哩程數還沒破6500英里!手冊上寫著『3000. 6000. 8000英里時,請各做一次保養』,我做6千里的保養已經是很久以前的事了!車商依美國人開車的進度,兩年前就不斷寄信來催我去保養,可是我實在不知道究竟要不要去?因為8000又還差很遠!

寫這篇文章的再兩年後,也就是今年,前幾天里程數終於破八千了 ‧ ‧ ‧ 開車真難?

兩年來你開不到500里!?

每次又是開去附近買菜而已啊

連大王都嚇到!

況且一到周末假日,若要外出,通常也是大王在開車,而且開別的車!

乳牛.

前一陣子大王看報,有一則報導提到,紐約很多計程車司機都故意把自己的車子弄得很顯眼,因爲怕被搶(錢),所以如果弄得很醒目,路人就比較容易注意到
• • •
不約而同地,一時乳牛椅套大賣,幾乎每個司機都裝乳牛椅套,還有人把喇叭聲改成哞哞的牛叫聲呢!
WELL,我的愛車買來我就裝乳牛椅套了,而且我的車還是黃色的呢!看來我很了解計程車司機的喜好!也可以加入開計程車的行列。

妳要不要開我的車?

很有樂趣喔...

NO

沒有絕対必要我不想開!

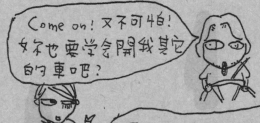

Come on! 又不可怕!妳也要学会開我其它的車吧?

不是你的車可怕,我也会開它們!是你可怕,很会罵人,載你很有壓力,我又不想当賽車手!不必訓練我!

也因此,無論我們去哪裡,只要大王隨行,我絕対不開車,因爲他連生病我載他去医院,者隂精神突然很振作地指責我的開車,又了,我也不再和他吵,暗中当我的大小姐就是!大小姐哪需要自己握方向盤?
至於私底下,我連他的卡車都開過了,只要他不和我同車,我就是車神舒馬克,只要大王在場,我就会因爲害怕被罵的壓力,反而開得比生手更慌乱!屢試不爽——
(心中一悟:原來我也是个感受得到压力的人。)

我本來幾乎想不起來，當初我的愛車是如何達到3000、6000英里的里程數？直到前幾天，大王送車進廠保養，要我開車去接他回家，這個謎才被想起來！

沒錯，當天我還提早半小時出門呢！原本以為時間很充裕，結果因為迷路又來個西雅圖半日遊，千辛萬苦，大遲到後，終於接到大王！我於是知道，如果不是因為迷路而四處亂逛，我實在是不可能達到3000、6000的里程累積的！

到現在，我和大王還常常會提起當初我學開車那一段故事，講起他如何沒耐心和苛刻亂罵、講起我如何無聲哭泣，更常常提起我是在哪一棟微軟辦公室前開始哭罵人‧‧‧
也不知道為什麼，兩個人都那麼愛追憶這段一點也不快樂的過去？

血牛.

前几天我还沈醉在退稅的喜悅裡,如同國稅局已在七月底送出第一批退稅,我之前先被扣繳得多,所以有退稅是必然……

YA!好棒喲!退稅了!!

不过這喜悅竟然維持回24小時不到!

當天大王下班:

我的會計師說妳要納稅給美國,大約收入的20~25%左右……

不必叫我……我去投胎了……

各位觀眾,20%~25%是多少前錢呢?簡單地説,就是如果你賺10萬元,2萬~2萬5要納稅給美國……這樣你們大概能明白,我為何一倒不起了。小小的退稅在手上都还没熱,竟然就被拿走,还宣佈我欠下巨款!

以那种稅率，僅管我並不是高收入者，召確實也欠下了巨款！

阿烈得被我追著一再去問会計師，会計師的回答也再清楚沒有了：

闢美國報稅季節早已过去了，因為大王今年申請延後，所以才能拖到現在。

突然之間到來的納稅問題，打得我心慌意亂，因為這个失血可不是普通程度的滴滴滴而已，對我這个台湾人來说，已經像是割頸放血了！

「一條牛剝兩次皮」這种說法，我以前都覺得不可能，況且我也有聽說過朋友vivian的第々，还有我媽的一位朋友，他們也都有綠卡呀！怎麼他們都不必向美國納稅？「我的收入來源來自台灣」是我最後的一線希望！我非常以為，我还是有希望不必向美國納稅！

不，妳住在這裡，妳还是得納稅

（知情者）

那些人雖有綠卡，收入也和你差不多，可是他們長年住台灣，就可享不必報稅的額度……

我根本差那个額度之上限很遠：

✓ 絕望的雷內。

那麼，台灣這边呢？稅法說得很明白，凡是收入來源源自台灣，不管你是台灣人也好，外國人没居留权也罷，台灣的政府都有权課稅，可以不申報，直接由給薪單位預扣一定稅額……簡單地說，我們台灣的稅是「屬地」的，凡由「這塊土地」賺到的錢，不論人种國籍皆要扣稅，美國是「屬人」的，凡合法「居民」，不論你従哪个國家賺錢，都要納稅（雖然某些居住海外的人，尤其收入苦不來自美國，也能像我前面提的那樣，享有「多少錢之下」免報，不过，我不适用那个法）。一條牛剝兩次皮的事，活生生發生在我身上！我兩边的稅都躲不了！

也好…．我並希望停此向我的国家納稅……

讓我当凱子吧…我兩边都納稅，就不欠誰了…

妳乾脆不要工作算了，妳没收入，我还可以退很多稅呢…

我現在確實是兩國都繳稅。這樣就這樣吧

喝風

經常旅行的人不知道有沒有發現有些航空公司的一項改變——食物要用買的，不再是隨机票提供了！

當然我說的是短程的，而且是經濟艙，並非長程的飛行、也並非商務艙以上。

我第一次發現這項改變，是在西雅圖到夏威夷的飛行……

以前我曾在自己網站留言版抱怨經濟艙椅子不舒服，我主要不是指狹小的座位間隔，而是椅背的弧度，我覺得完全不符合人體背後弧度。

結果沒有得到什麼回響，沒有人和我有共鳴。

我一度還懷疑是我自己有問題！結果有一次在網站上亂逛，不小心看到一件商品，就叫做1ST CLASS SLEEPER——還是一個退休機師發明的呢！

（接下頁）

完了！我身上只有$，但他們只收現金！

我也只有10元……

曰夏威夷也算美國國內，所以我們根本沒準備現金！兩人從西雅圖

餓到夏威夷。

都是你！我就說我討厭西×航空，你偏还要搭他們！

只有他們家有西雅圖直飛荷蘭，我一年至少搭三次，我要集哩程啊！

這是？···

那機師就是覺得飛機座椅椅背有問題，所以才發明了這個充氣背墊，使飛機座椅不再那麼難坐（也難睡）。

我當然立刻買下去！難得有人終於同意我的想法，而且還是個專業者！他連改進的商品都做出來了，我當然非買不可！

整個東西折疊起來只有小小一袋，需要用時才攤開自己吹氣，用完把空氣擠出再摺好，很方便帶上飛機。

——平反了——

我本來以為，只有西X航空才這麼討人厭，而由於我有許多西X航空不愉快的經驗，終於大王被我說動了，放棄集西X航空的哩程數，這次回去歐洲我們改訂SAS航空

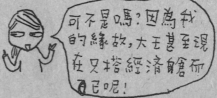

不要小看太太的力量啊！

可不是嗎？因為我的緣故，大王甚至現在只搭經濟艙而已呢！

好吧，SAS到荷蘭沒直飛，分兩段，西雅圖至丹麥，再從丹麥到荷蘭，我注意到旅行社的小提醒『丹麥至荷蘭食物要用買的』

油價上漲，為了平衡扣票價

所以食物不再免費提供，一定是這樣！

聽起來是有道理啦，不過經濟艙有是愈來愈窮了…

真是教人感傷，時代如此進步下，現在搭飛机已經完全如同以前搭火車了，想必以後也會出現飛机紀念便当之類的吧？如果是這樣，飛机真是愈來愈沒它自己的特殊性了…

我老早就感覺到扣上服務愈來愈差了！

所以我改搭商務艙，但現在看來又是無止盡的『投錢』！

謝妳喊醒我呢！……

撲滿.

值得再稍加補充的是，食物！

好吧，自己花錢買吃的也罷，畢竟我也是看過很多人搭飛机，其實餐連碰也不碰的：如果那些沒人吃的食物是用「丟掉」來処理，我也不反對曲乾脆想吃再買，節省資源！

今天我要說一个愛窮夫妻百事哀的故事……

有一个女子心的太太，把夫妻倆僅有的10元給先生買食物，先生吃了不但沒感激，还嫌食物難吃，太太流涙到天明，沒錢还是沒有食物可吃……

壞心空姐就是不收信用卡……我的故事說完了——

沒錯……別以為自己願意花錢買，就會吃得比較好，那結果是花錢買的食物比免費的飛机餐（也不能說免費，应該說含在票價裡！）还陽春，值得令人失望。

或許，你可以改回以往的慣，坐別等……你以習的艙

不了——我只希望现在上飛机能立刻睡倒，我寧可花大錢下飛机吃好的！

好吧，我也只能慶幸自己日動还不差，以後天下那片紅塵就忘了吧！能一覺睡到終站就是最好的艙等。

什麼時候「任意門」才會被發明啊？……

已經不喜歡搭飛機了說……

西雅図 的 夏天。

一般人說到西雅図, 印象就是多雨, 雖然我自己並不真的感覺有那麼多雨, 可是一到夏天, 我也和大家一樣, 總是感到無比的活力! 因為西雅図每到夏天, 人們就自主地瘋狂……

西雅圖本來對我而言和挪威一樣, 一年只有一個季節—多季, 但是自從我漸漸習慣氣候後, 挪威還是只有四季如多, 西雅圖卻變成四季, 台灣則是春夏兩季。

為什麼西雅圖就有四季? 我偏心啊? 也不盡然, 只是因為它春天落紅 (櫻花)、夏天天好來做苦工程、秋天掃落葉、冬天除雪煩雨, 四季困擾不同, 卻同樣讓我勞累, 所以四季分明。

不会吧!? 這裡又不是下了賽車場!!

厚! 厚這裡一到夏天什麼車都看得到!

的確, 只要天氣晴朗, 春氣溫宜人, 就是大家私藏車紛紛出籠之時! 在陸地上, 不僅常可見各式各樣奇形怪狀的車子, 各种罕見的骨董車也難得出來晒一下太陽, 簡直就像个默々約定好的活動車展!

◎也有這种令人同情的小朋友。

爸々幫你做的車很拉風吧?

在水上也一樣，除了平時就有許多船來來去去，但一到夏天，更是各式各樣阿花的船都看得見！

燈飾

我就是要建城堡啊～你不服氣啊?

日美國人其實很喜歡DIY，只是都做很大的工程!!

天空? 天空的東西也沒比較保守，各式小飛机上天空飛之外，我們這裡还有一个海飛机机場，(sea-plane)天天都可看見 飛机離水或下降，除此之外，夏季裡也常見熱氣球在天空飄飛，美國人多樣化的活動力实在令人敬佩!

对了! 都兩年了吧! 妳究竟何時要去上飛行体驗課? 不要浪費我的錢啊!

西雅圖多雨…怎能怪我?… → 夏天並不会!

註: 兩年前大王給的聖誕礼物，從飛行課降至体驗課程，还讓我拖到至今都还沒去上! 除了我自己內心有恐懼外，也因小飛机失事的新聞時有耳聞，我到現在都还不能下定決心去上課! 老是一再打電話去延期!

美國人的審美觀有時真是讓人不敢領教．．．

除了說他們普遍很喜歡大鮮豔的顏色之外，他們也很有越大越花越複雜越好的傾向，以前我很不能習慣，常常覺得想要美麗的東西還是歐洲好，還是歐洲有文化、有氣質!

但我畢竟是射手座，對於可笑荒謬的事物有異於常人的接受度，好笑有趣最後總勝過有氣質，我太享受於看他們搞怪了! 我太喜歡看別人做出神經病的東西還四處炫燿了! 這種心態讓我開始很欣賞美國，也覺得只有美國人不介意我直接噴笑──美國人還真的不介意! 他們覺得幽默很重要。

前几天我在家裡寫文章時,还聽見屋外隆隆聲不斷,正想走去窗外看狀況時,竟然連"嗤都不必,我直接看到窗外一艘飛船大大地掛在天空中……

顏色很花。

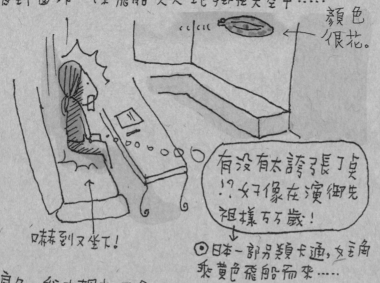

嚇到又坐下!

有没有太誇張了点!?好像在演御先祖樣万万歲!

◉日本一部另類卡通,女主角乘黄艷色飛船而來……

良久,我才想起要拿相机拍起來!拍照時飛船已漸行漸遠,只捕到遠去的身影!

正因為夏天在這裡很像个莫名其妙的季節,同一扇窗,某一天晚上我們也观賞到◉有人突然莫名其妙在放煙火!(並非任何節日或慶典)所以,怎麼説呢?我还是蛮喜欢西雅圖的夏天囉!夏天在這裡,是个有趣的季節!很驚艷……

有一次,我還看到求婚煙火!(有排字的,「ⅩⅩⅩ我愛妳,嫁給我吧!」)
但是因爲煙火出了點問題,名字看不清楚。大王回家後(他開車在路上也看到了),立刻假裝説『剛才的煙火有沒看見?我特地找人做的!』
白痴都知道這種梗當然騙不過!

先生,你太遲了

我已婚了喔!

數字

在國外有一个非常好笑的現象,我暗中觀察過一百回,屢應不爽!那就是,通常路上只要看見車牌号碼尾數是「888」的,車主一定是東方面孔!

我要求的号碼啊!對方也沒反對!......

※台灣朋友,在美住20年了,單身。

那車兩不会也是妳的吧?尾數也是888呢!

不,那車兩是我朋友的,他也是香港來的....

連我的朋友都如此,那就更不必說其他的東方車主了,大王對此現象是覺得不可思議!

你沒告訴我之前,我都沒注意到呢!現在確實是看到888車,必是東方人!

很明顯的狀況呀——我來美國沒多久就發現了....

我以前在台灣時,多少也會会忌諱數字「4」,可是來到國外後,还发現有些外國人特愛「4」呢!車牌尾數444的也看过不少輛,当然,駕駛人絕非亞洲人!因此我就完全不太忌諱了,888我没興趣搶,444我也不討厭,任何數字從此对我都很隨緣,唯獨有一ケ數字我無法不特別注意……

喂!音量你可以調到12或14,就是不要13!ok?

13

被嚇到!

好!好!我馬上換,馬上換……

對,就是13!13對我來說毫無感覺,勉強比起來,我还相当喜欢尾數3的任何數字呢!(因為我生日是3,因此就喜欢3) 但是大王竟對13很過敏!過敏到电視音量不可調13,最好也都不要看頻道13,總之看到13他就不滿意!

没什麼呀呵,很多大樓也並没有13樓呢!

嗯,台灣有些医院也没有四樓……

我对13真的不过敏，不过对大王的緊張很过敏，

喂！妳怎麼把買種子的日子排在13號啊呵!?不太好吧?!

是怎樣不好？会種出惡魔胡蘿蔔嗎?

行事曆↓ ----輕微的狀況----

什麼!?13號去參加朋友的生日party!?妳有没搞錯!?

你别太誇張了!!難道要叫人家改生日不成!?

行事曆

----嚴重的時候----

(13号生的人，都不是朋友(?))

還有一次我完全没注意到，把出國的日子排在13日……

老实說没關係……

妳是不是想謀殺親夫?…

No.!!13号根本對你没作用，卻是我大車的号碼!!…

可不是嗎？真衰！為了13，我的命多不順……

晚間九點以後的 大人世界。

我小的時候，也常好奇晚間九點以後的「大人世界」，究竟在吃什麼好料的，在喝什麼好料的？不過我從小睡得好，真的有心想看，自己也敵不過周公的徵召！但是，我猜人真的不一樣，至少我家兩个小的，就真是完全不同！

老大呢，是隻完全脫韁的野馬，如果沒人強迫他睡，我猜他有那个資質熬夜到天亮！

艾傳說話反應很快，常常說出很好笑的話來。有一次他吵著要買玩具，大王騙他說：『可是爸爸沒有錢了啊』，結果艾傳立刻答：『你可以用卡片（刷卡）啊！』

還有一次進餐廳之前，大王預先警告孩子：『去餐廳不可以啊啊啊喔』（「亂喊叫」的荷語不知怎麼說，只好自己啊啊啊地示範叫）

結果艾傳回答：『喔！不可以像托比平常那樣！』

好了，兒子們！該睡了！托比你要睡哪个位置？

老大

我要睡在艾傳旁边……

可是我要躺在這裡玩樂高吧……

好吧！你可以过來躺在我旁边！

老二

噗——

艾傳，我在心裡呼喚他是个不愛睡覺的天使！雖然他的興趣已經有點看得出，比較偏向靜態——組樂高、玩樂高、喜欢画画，也喜欢看書，更喜欢一边玩玩具、一边自己編故事……

不過,並不因為他的兴趣比較靜態,活动力就比較小!

我是鬼——
要來捉妳了……

老大 ←棉被

你……怎麽还不睡啊……
我這个裝睡陪睡的,
都要真正睡著了……

有一次我們去日本餐廳晚餐,因為該餐廳有点廚師表演的性質,又要調味罐又噴火的,把老大逗得欢笑連心,也因為一連串的煮食表演,当我們終於用完餐,早已錯过孩子們的上床時間,在送他們回家的車上,老大不僅吃光睡著了的老二的巧克力,一回到家,老大还立刻点燃家中各处燈火,一付想再繼續玩的樣子!簡直把我這个勞累的中年婦女嚇壞了!之後更有一次,老大獨自一个人和我們一起住飯店,熬到我們兩老真的都要睡了,他才「勉强」也只好睡!

至於老二呢!其實老二比較「準時規律」,該睡的時間他是会想睡,不過,可不要以為這樣就比較簡單!他可是貨真價实的大麻煩!首先,他睡覺一定要有這些備配:

兩隻一模一樣從小一起睡的兔娃娃。

睡前牛奶
(太冷太熱都不行!)

最後:(大絕招)

爸爸,我要我的媽……

兩個孩子雖然互相陪有伴,可是也是有麻煩的時候。
比如說托比其實作息很規律,早上七點起床,晚上九點前一定要睡,可是艾傳和爸爸在一起時,從來不願跟隨那一套規律的生活,所以艾傳一不睡,也常會吵得托比睡不著,睡不著又很累,脾氣情緒就會來,最後當然總是哭著吵著要媽媽!實在合情合理。
然後艾傳自己又會因為托比吵著回家,也跟著被一起送回媽媽家,他想和爸爸在一起的意願反而失去‧‧‧
所以,也是有麻煩的時候啊。

老大和老二現在已經出現明顯的不同，老二的興趣比較偏動態，喜欢運动、例如騎腳踏車（老大還沒学会呢！也不太想学），也喜欢游泳，甚至喜欢看体育節目！他睡觉。作息也很準時，但是相对的，作息環境不對，他就会鬧！

爸々，我要我的媽々……
爸々，我要我的媽々……

趁机多睡一点時間玩樂高！

拖比——你有蜜了啊，牛奶也有了呀？

哎~

無可奈何~

往往這种時候不送托比回家的話，他会哭到你送他回家為止，不然再晚他也不会睡覚！然而，如果决定送小孩回家，老大就会不高兴！很经常的，我們都是犧牲老大的渴求，因為總不能放任老二一直哭！

艾伦回到家雖然没哭，但是我看得出他很伤心……

我覚得……不能老是犧牲艾伦的意願，不如下次托比回家，艾伦留下，你説如何？

所以這次在荷蘭，艾伦和托比終於有了人生第一次的分離！狀況結果良好，除了艾伦不愛睡覚……

而我現在終於明白，晚間九点以後的大人世界，就是大人「精神上的睡眠時間！」

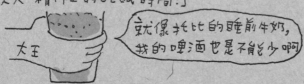

大王

就像托比的睡前牛奶，我的啤酒也是不能少啊

因為兒子們的關係，我這語文白痴竟然也學會一些簡單的荷蘭話！其中我印象最深的是：

「媽媽度」

意思就是：要和媽媽在一起。
因為托比太常在睡前喊這句話了，我自然就學會。
不過我不知道怎麼拼寫就是。

艾琳的行李

這次我們去歐洲的行李很大！主要是因為幫小姑艾琳提了二个兒童汽車安全坐椅！

对挪威人來説，美國的物價是購物天堂啊…

还好她是你妹々，換成是別人，大概会被你罵到脖子断掉…

托比

艾傳

克里絲汀娜

卡若琳芮

2 X 2

總之，狀況是小姑利用網路買了二个坐椅，寄送到我家，我們再從西雅圖帶至荷蘭，和她在荷蘭会合面交。

兩个坐椅含箱子，还好我們在美國在荷蘭的房車都够大，雖然有点小麻煩，但都还塞得進車子裡，倒是我一直懷疑，艾琳要怎麼將它們帶回挪威？

艾琳应該会租大車吧？

应該吧！她全家人連二个孩子都要去荷蘭，光是人口就很多了！…

套句台灣話說，我小姑就是那種很「欠卡」（能幹）的太太！

不過我沒看過那麼愛帶東西的人，所以忍不住問小姑，那樣不是太多太麻煩了？她說『可是這些都可以摺疊啊，不會很多啦！』

但是我總是看著「紛」（艾琳的老公），永遠在把那樣東西收起把這樣東西展開，默默提著一大堆東西，隨時備用。

（雙人推車摺起來還是很大啊，還有嬰兒提籃，那根本摺不了啊！••• ）

但是我還是很佩服艾琳。

結果艾琳抵達荷蘭那天，我們去飯店会見她，我簡直不敢相信我的眼睛！

本有的2个手提籃兼坐椅!!

筆寶久久入睡了，我們就可下楼吃飯了!

自 備 | 再 備

艾琳瘦下來了，但因為一切東西都如此且不暇給，她的瘦身竟沒人提……

只在荷蘭住一晚而已，艾琳妳真有心!!!

她自己帶來的東西就這麼多了!! 还要再帶回2个汽車坐椅!? 可能嗎?

不只是如此，在她飯店房間內，我看見嬰兒衣物用品食物甚至玩具，都已整整齊擺入衣櫃和架子裡! 只有一天的行程，這種準備和架式，真是令人動容! 而且，我婆婆也是她在机場時，真同車一起接來的! 我不敢相像她究竟租了什麼樣的車? 廂型車是我的粗估。

當晚我們兩家人及兩對双胞胎一起相聚，陣容之混亂也讓我眼冒金星，混乱中我还聽見艾琳說『明天上午要去阿姆斯特丹血拚』! 我的猜想從小廂型車升級為「大廂型車」，我对她的敬意更從「黄金級」再提高至「鑽石級」!

文 備

差点忘了提，她还帶了个双胞胎用推車……

次日早上，我們當然沒和她一起去瞎拼，因為我們和我們這對雙胞胎，也有不同的行程要進行，所以艾琳究竟又買了些什麼，我們也不知情，而下午，他們一家人（妹夫也有來，雖然都沒提及他）連同我婆婆，都要飛回挪威了，所以我們全部的人都一起去了瑪儂家（太王的孩子的媽），再次上演一次混亂！不過，也是在這時，我和太王才第一次看見艾琳組的車子！！

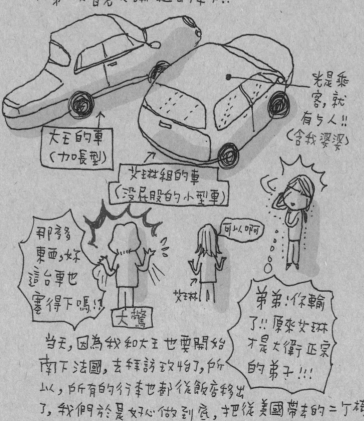

大王的車（加長型）

艾琳組的車（沒屁股的小型車）

光是乘客，就有与人！！（含我婆婆）

那麼多東西，好，這台車也塞得下嗎！！

大驚

可以啊

艾琳

弟弟！你輸了！！原來艾琳才是大衛正家的弟子！！！

当天，因為我和太王也要開始南下法國，去拜訪玫妃了，所以，所有的行李也都從飯店移出了，我們於是好心做到底，把從美國帶去的三只椅座，再幫忙載去阿姆斯特丹的机場，說艾琳帶回挪威。雖然艾琳說，就要把那兩箱綁在車頂也行……不過我們實在快被「魔術」嚇壞了！

艾琳

雙胞胎現在的樣子

我已經是挪威人的嬸嬸了，但她們兩都稱呼我「喵ＡＵＮＴ」，她們另外有個姑姑養一隻狗，那個姑姑叫「汪ＡＵＮＴ」。

來去 TOULOUSE！

從我最後一次在吐魯斯至今，竟然也過了五年了！
五年後，從荷蘭南下法國，似乎一切也改變很多！

真不敢相信，我還有緣再去吐魯斯！
我也再去造訪一次小王子的飯店（交換日記三有提），很心碎地！那家飯店關了！也許永久關閉，也許暫關整修內部，我不知道，我只知道那時候它看起來像廢棄建築了‧‧‧

收費站

啊啊現在是怎樣？也沒投幣处，也沒刷卡処，还沒半个人！我们是要怎么過啊啊？

我也不知道…以前好像有丟銅板的裝置…現在也沒有了……

Hello?…崩啾？

喊啦看有沒有人…

喊一百年也不会有人來！

我和大王被阻在公路收費站，兩个白痴也不知如何是好，大王蓄勢待發地準備打机器時，沒想到從机器上抽出一張紙，匣門就打開了！真是莫名其妙之至！

果然是時間已經隔很久!之年足以讓我完全忘記法國的收費站系統!一直到遇到下一个收費站,我都沒記起「收費站①取票→收費站②繳錢」的訂程序!!直到寫稿的至今,重新翻閱了交換日記(3),我才知道改變的不是法國,是我的記性!

一路上大王飛車,我們竟然也就從法國最北處縱穿几乎整个法國,來到南部的吐魯斯!

久別重逢!!阿福特地下樓來接我們,還好他來了,因為当時我和大王正找不到哪一棟,已經各自就吵架位置了!阿福的出現,無疑立刻消弭了一場夫妻失和!

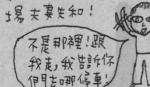

我們並沒有在離開荷蘭當天就抵達吐魯斯,因爲離開荷蘭已經是下午了,所以當晚我們在法國極北部的城市—Lille的一家飯店過夜。很意外的,那家飯店超漂亮!古建築架構融合現代風格,是我覺得我所見過風格最好的一家飯店之一!雖然因爲舊建築結構複雜,我在飯店裡迷了很多次路!

天花板仍是原建築一根根的樑柱

浴室洗手台用大石塊挖出洗手凹盆

牆壁的木頭雖有簡易雕飾,可是故意沒有上亮光漆!搭配不鏽鋼桌子和透明壓克力椅子。

当然我們一下車,也看到玫怡抱著小福,在尊不遠处的某丁陽台招手!

第一次,我們二家人一起見了面了!我当然也是第一次見到小福,玫怡的小孩!小福的照片我想很多人都看見过了,(在玫怡的部落格中)就是長得那樣可愛,玫怡呢,除了恢復短髮之外,我也不覺得她有何改變!只是更有媽e的味道了!

我們的状況是這樣的:因為假期有限,大王想滿足我拜訪玫怡的願望,而我也想多爭取大王和兩丁兒子聚会的時間,因此吐魯斯並不能停留太久,只能短暫一聚,我們就又得飛車回荷蘭!我原先規画的南下路線,是最短最直的距離,我也打算回程北上時,依原路回去!不過呢!後來的状況和我的計劃相距甚遠!我們下篇待續!

每次看到這兩張照片,我就想再叨唸一次大王!若不是他按錯鍵,把拍照按成錄影,照片會更清楚些・・・

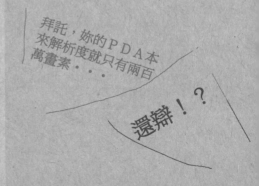

拜託,妳的PDA本來解析度就只有兩百萬畫素・・・

還嘴!?

來去吐魯斯

很多人可能對這次我特地開一兩天的車，南下去看徐玫怡，卻又沒特別做什麼事時而感到納悶吧!? 可是這其實一點也不神祕，好朋友，尤其當大家長大後都各自成家生子還 仍是 朋友的好朋友，要的已經不是 形影不離的 相纏了，而是心靈上的互相體諒和支持而已！在孩子為先的為母階段，能夠偷得一刻和舊友閒話家常，我相信這才是真能互相體貼的好朋友！

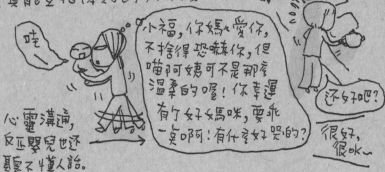

忙泡茶

咦～

心靈溝通，反正嬰兒也還聽不懂人話。

小福，你媽最愛你，不捨得恐嚇你，但喵阿姨可不是那麼溫柔的喔！你幸運有了好女媽咪，要乖一點啊！有什麼好哭的？

還好吧？

很好，很乖～

嚴格說起來，和玫怡相聚也只有短短幾小時而已，在下午我們就離開了，因為大王也想看一看吐魯斯，並且嚐嚐南法的食物，所以晚餐我們找了一家不錯的餐廳一飽口福，我心中感嘆歐洲人畢竟還是有點用處，雖說大王也不懂法文，但猜測的準確度還是比我高出70%以上！我們這次都沒有遺憾地吃到想吃的食物！

在土魯斯第一天我們住在機場旁的飯店，但第二天大王就吵著要搬去市中心了。
所以這家飯店就在和小王子飯店同一個廣場周圍，也算是吐魯斯我最熟知的地帶・・・

在吐魯斯住宿一夜，隔天我們就北上，大王執意往東開到里昂，途經盧森堡而回荷蘭，我雖強力阻止，仍然沒有馴獸師之天份！

牛→

妳自己看地圖！這條路量線金不比原本那條多出多少公里!!

可是它是Highway開車速度會慢很多...

〈無天份馴獸師〉

果不其然，動物沒聽懂，只有我自己在那裡足跳火圈的份！本來預計那天住宿盧森堡這行特別的小小國家的，結果從早上開到下午天多多，我們竟然才抵達里昂了而已!!!

......

看吧！我早和你說過，這條路比較慢

無言

對不起，親愛的一我錯了一

一人今飾兩角
自得其樂

到了 Dijon，我才又知道他們做芥末醬很有名，在美國的超市也看得到 Dijon 芥末醬，每次看到都好高興，都會想：

「Dijon，我去過那裡耶！」

還有一次在 Agatha Christie 的書也看到 Dijon芥末醬被提起一筆，實在是很親切！雖然書裡的那個角色說他偏愛的是另一處的芥末醬・・・

結果当晚，我們又能在中法的DIJON住宿！而且还差一点找不到飯店！

幹嘛嘸爬了？我們房間在最頂樓吧！

好累啦：行李可是我在拖吧一

不是累...是這行樓樣很有家的感覺，看起來很危險，你先走，你沒事我再上去.....

果然，一晚只有65欧元还附早餐，這飯店我也只能用特別來形容！

這一定是小矮人的家吧！不知道小矮人在哪？

不要穿澎裙演戲！我知行李進不了房間了！！

勉強安身一夜，隔天我們当然就順頂經過盧森堡而回到荷蘭了。

其实仔細想～，我也没什亥好抱怨的，因為阿烈得的不馴，常々也讓我多看了世界很多地方，這一次我不但見到了里昂之美，也見到了DIJON這个昔日歐洲的中心都市，更見到了一个城市大同的國家盧盧森堡，雖然，都只是匆匆一瞥而已……不過，就算只是這樣，还是能夠感受到各个地方管理的優劣、对外地人的欢迎與否、甚至是貧或富、或對歐洲的自我定位……

馬扁肖人——光這樣走馬看花，你可能看出這些！？

馬扁你幹嘛？荷蘭人決定把自己当歐洲的心臓，你看人家果然路標做得多清楚又好！

比利時大概比較不排外，但是比荷、法窮一些；法國富裕，不过比較自我中心些，但也比較重視美感和古蹟；盧森堡很隨和，但可能也比較隨便……？

我們还是有机会多深入体会吧！雖然好猜的也没太離谱……

不是我漫無目的地對焦，
實在是裡面窄得我無法對焦……

報恩比爾。

孤狗和微軟打得火熱, 身在西雅圖感受最明顯, 連我這个不問世事的農婦都時有耳聞:

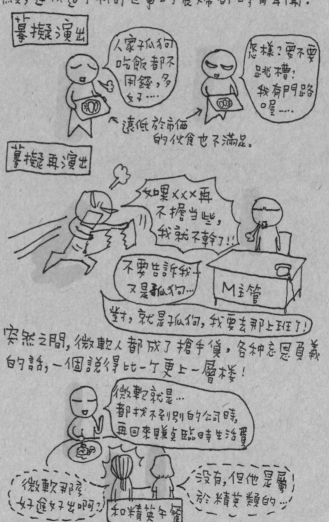

模擬演出

人家孤狗吃飯都不用錢, 多好子⋯⋯

← 遠低於市價的伙食也不滿足。

怎樣? 要不要跳槽? 我有門路呢⋯⋯

模擬再演出

如果××× 再不擋当些, 我就不幹了!!

不要告訴我⋯ 又是孤狗⋯

M主管

對, 就是孤狗, 我要去那上班了!

突然之間, 微軟人都成了搶手貨, 各种忘恩負義的話, 一个說得比一个更上一層樓!

微軟就是⋯ 都找不到別的公司時, 再回來賺臨時生活費

微軟那麼好途好出啊?

沒有, 但他是屬於精英類的⋯

和精英午餐

沒想到我還沒緣分見比爾一面, 他就已經從微軟退休了⋯⋯
也不是我想見首富長什麼樣子, 實在是因為我很傾佩他做慈善的不遺餘力, 而且在美國, 一個有錢人而不買自己私人飛機的, 實在真的罕見! 他真的是富得很正常甚至是低調的人!

喝咖啡聽八卦，在西雅圖也有，尤其是這一陣子以來。我於是也混在精英中，四處亂聽！有時也混進晚餐聚會裡，重溫上班族的場景

我畢竟只是來旁聽的，很快就因為喝太多而頻尿，顧不了大王「疑似結婚的鄰居同事」話題，就往廁所去了，畢竟那果然也是一條毫無價值的八卦！

在美國，真的甚少看見公廁髒噁的，尤其在餐廳裡，通常工作人員都隨定時巡邏清潔，因此突然見到無人使用但三間廁所全骯髒的狀況，還真把我嚇了一大跳!!

幫人沖廁所？如果只是這樣就好了……

只有中間那間現在是乾淨的，等一下精英若來用廁所，該不會以為是我把廁所搞成這樣吧!?

阿烈得的老婆好骯髒又沒公德心!! ·····

精英八卦午茶

這种公司还待得了嗎? 不如逃去孤狗吧

非常.非常意外的，無人的廁所內，我竟然意外扫起別人廳餐的廁所!!因為在無人的廁所內，將沒有任何一个目擊證人可以證明，我並不是那一位在廁所產子的外星人啊……

嗎……

← 用拭手紙当「隔離」，撿拾地上的「外星生命」。

⊙不僅如此，我还一不做二不休地把每个馬桶座都擦乾淨了，天下，有如此悲哀的事情嗎?（只差沒噴滿庭香而已啊!…）

你剛幹嘛? 撇條啊? 去貿久…

我…我挽救了你的声誉，順便挽救了比爾的危机…

?

說出來，也没人会信吧………

堅忍

微軟公司裡的廁所都很乾淨，因為有雇用專業清潔人員打掃。
可是大王可真奇怪，萬一上班上到一半想上廁所，他會特地開車回家上！（小號除外）
雖然我家到他公司也不能說很遠，但開車單程也要20分鐘左右，要是我，忍個20分鐘也能讓我便意全消吧！可是他居然還是堅持回家上廁所！

20

如此家長。

前一陣子讀了星座專家的看法，說射手座比小孩子更像小孩子，我看了不禁噗哧笑出來…
話說，在荷蘭期間，阿烈得也大當火山孝子，經常帶兒子去買玩具，我曾一度還有點擔心，会不会把兩个小的寵壞了？不過仔細看看，又不然…

女傳，我們買這个好不好？這个好像很好玩……

托比～買這个吧？爸～好想玩

好了呀

可是我想要這个……

反正我也沒看到喜欢的……

根本就是大王在假"借兒子之名，買自己要的玩具嘛

哪有爸～只顧自己喜好的？

然後前几天，我們把去荷蘭拍的照片沖印出來了，我竟發現，我自己也沒資格說別人！

快樂者→

←發呆

賴不了！

我組樂高。

←只好在旁發呆的艾伯。

「玩具永遠離我最近，兩个小孩像一対天使，圍繞著我這幸福的人」!!

有没搞錯？怎麼都是妳？…

我們到底做了什麼事…？

好一對自我享樂的射手夫妻

瑪儂(孩子的生母)還曾經甘苦談地說「任何事情都發生兩次」，比如艾伯學会打開庭院的大陽傘，托比也一定要再跟著再做一次，同樣贏得媽\、的讚美才甘心。然而，在我們身於荷蘭期間，這种狀況好像更加倍了！「任何事都發生四次!!」

嘿!

孩子們快看！爸\、也会騎腳踏車哦！

起來起來！我也要試！

兒童小腳踏車。

爸\、你快把腳踏車座壓扁了啦……

◎大人們畢竟也有想重溫舊夢之日時…◎

連我 和阿烈得都試過收放遮陽傘，但那是因為荷蘭的裝置和美國的有異，所以也好奇去試。

一天發生四次...

你們多句了沒....哭啊....　瑪优

我的傘快被你們玩壞了!!

還有，聽說我們另外还蛮会自創語言的！

好了，kids, 我們要開了...你們...

知道了!細郎一 ②

惜郎 ③ ↑佔的

什麼是細郎？④

在外吃送的瑪优

我ホ説我的外太空語。

不就是安全帶的荷蘭話嗎？⑤

悶悶了！我荷蘭人都不知道有這种荷蘭話!!喂!你不要乱教我小孩說奇怪的話!!... ⑥

我猜我們的很多行徑,大自蓋說踏實的山羊座瑪優很想發瘋吧?

好消息是,还好一年也沒是你們九次

我忍忍就算了...但我是dutch喔,弄壞什麼,你們要賠喔....

傘快壞了...

瑪優的吸油煙機 我挺喜歡
荷蘭的都是這樣嗎？

蓋起來像一般櫃子

要用再拉出來

另類 好去處

也不知道究竟是外國人過度從容，还是台灣人過份積極？在美國真的是任何步調都緩慢許多，話說我家的平面電視買了也將近要2年了，所有的电線、cable線，竟然至今还掛在外面!!

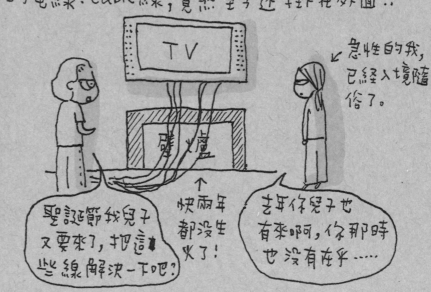

TV

壁爐

↖急性的我，已经入境隨俗了。

聖誕節我兒子又要來了，把這些線解決一下吧？

↑快兩年都没生火了!

去年你兒子也有來啊，你那時也没有在乎……

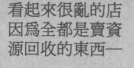

看起來很亂的店因為全都是賣資源回收的東西—

關於电線問題，我雖從來没实際行動把它解决，但实際上也提出過兩个方案！一个是，在牆上挖洞，把电線藏進牆中；另一个是，在下方的壁爐週圍外建壁爐枱，把电線藏在枱座後面！

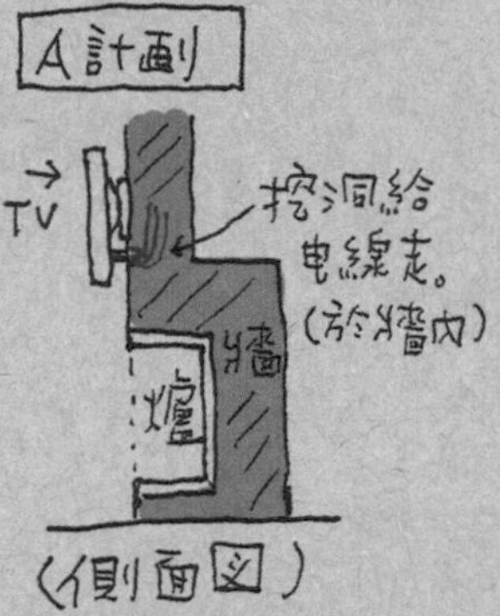
A計画
TV
挖洞給
电線走。
(於牆內)
牆
爐
(側面図)

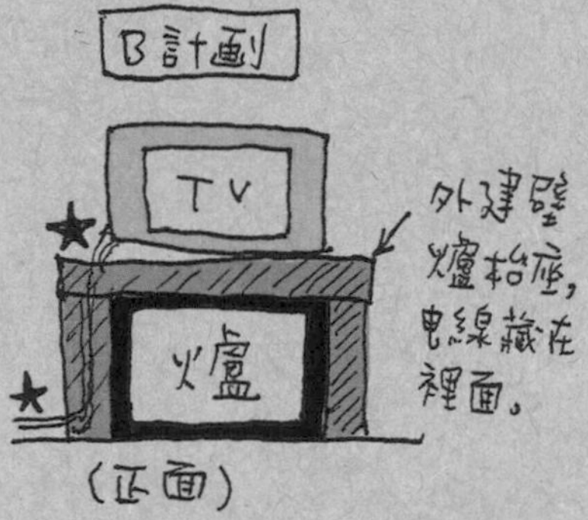
B計画
TV
外建壁
爐枱座，
电線藏在
裡面。
爐
(正面)

A計画比較專業，所以我們也買了樑柱掃瞄器，畢竟，牆之內，你不知何時会遇上無法穿越的实心樑柱！然而掃瞄之後，発現線走牆內实在是一件艱苦的工作，因為該区域樑柱極多。

B計画於是成了最可能的選擇！

還記得好几个月前，我曾寫過一篇 long beach 嗎？当時在海邊撿的棄置浮木，就是打算來自己建壁爐枱座的！天啊！都如此久了，沒想到当初的兩篇文章「大王再出巡」及「long beach」，竟然到今天还沒完結篇!!

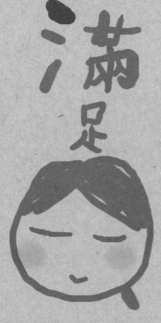

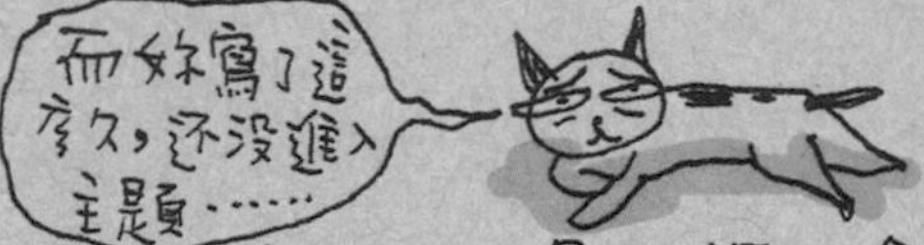
而妳寫了這麼久，还沒進入主題……

為了建我的壁爐枱座，我不只是去了海邊撿木頭垃圾而已，我还找到了一家在西雅図的資源回收店，那裡，可不是什麼古董店或舊貨而已，你簡直可以說是破銅爛鐵什麼都有！

請先本頁最上右図，B計画的兩个黑星星处，那兩处，电線又將外露！所以大王想了个主意，『去買廢棄的兩根鐵水管』，讓这些电線穿越鐵水管而達成遮蓋目的！ 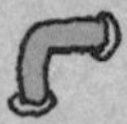 這型 和 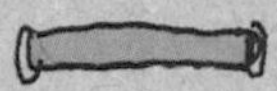 這型!!

滿足

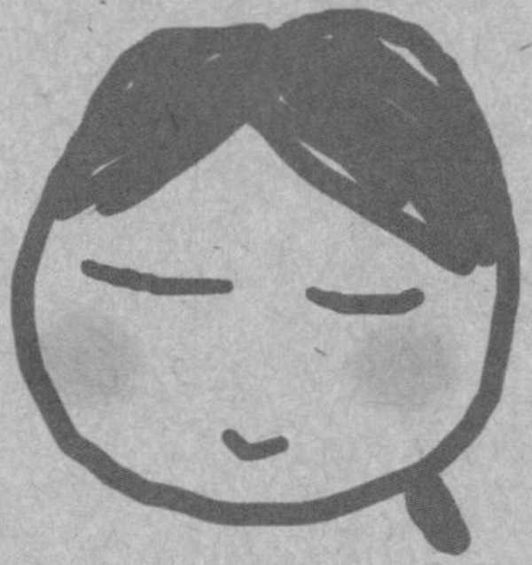

雖然動作慢，

這次一切倒是

有按計画來…

!

我和大王上星期六花了一整天在破銅爛鐵堆中，終於如願找到計劃中的三根鐵水管。

哇！你看，這馬桶舊水礦，竟然是木頭做的！很古老了吧？！

這尢角型馬桶也從來沒見過！！

根本就像參觀展覽的兩人！！

DIY者好去處：
這家店叫 EARTH WISE SALVAGE
在市區 1ST AVE. S.

我的壁爐抬座雖然還沒做好，但上星期天又意外發現另一個喜歡古舊風格者的好去處，叫做 COUNTRY VILLAGE，它正在我們Ken-more這一區，整個區域不但有復古感，更充滿了藝術氣息，而且它是個瞎拼中心！它裡面的許多看似老舊的建物，事實上就是利用那些資源回收的材料，建起來的！

我的壁爐抬雖還沒建好，但最後，大家不妨先看一下我自己 電腦合成 的設計圖吧！

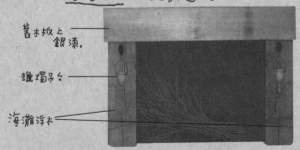

舊木板上銀漆。

蠟燭吊台

海灘浮木

以前的樣子，壁爐只是凹進去
也沒有電漿電視
地板也還是地毯

現在有電視了，管線也藏於壁爐檯裡面了
地板也換木頭了，還多一個火爐屏風。

散步...

前一陣子，我和大王你看我.我看你,發現王子公主結婚後,身材和健康愈來愈像...雪人

我們該做点運動了...

耗化的健康→

⊙不动明玉⊙

九年前的慢跑計画不了了之,我們來散步吧!散步很溫和,这当能持續......

結果九ケ星期前,我們開始了第一次散步——

實景

坡看起來不如何
走起來比較有實力

第一天不必走太遠,我們走到前方十字路口就好....

好

以前好像也是同樣台詞耶....

...不好的預兆...

我家位於一斜坡上,散步往下走時,还算輕盈,但每當開始往回、往上走時,就是痛苦極刑....

我這一篇忘了提，我們都是晚上散步，因為白天大王要上班，早上也沒起那麼早，所以都是晚上才能兩個人一起行動。

海市蜃樓般的美麗說聽。

而我為了散步，还準備了具有反光工能的運動鞋！（以防車子見不到人而撞上了！）結果一輛車也沒來經過，最後几乎是用比鳥龜更光榮的慢速爬到家中！

而在那之後，第一回合獲勝的大王，立刻在隔天就感冒了，兩天後还把感冒傳染給我，我們倆不要說繼續散步了！只要十分鐘之內沒咳一声，就是平安康態了！

一个短々不到20分鐘的來回散步路程，弄得2个大人生病倒下，還拖磨了有一个月之久，簡直是黑心路！（現在流行說黑心吧？）

＊合音天使一對＊
也不知是要合什麼音？合誰的音？

休了一个月之後，前天我們又恢復散步了，怕再來一次全家大滅亡，我們散步得很含蓄……

走慢點…

但是也不能小石步吧？要走到天亮嗎？

我照例是穿上了有反光功能的運動鞋，一小步一小步地慢慢走，終於又到了回程的上坡路段：

你回家去開車來，我在這等你

不，留在這兒得和野生動物搏鬥，我怕妳會被吃掉

不，你去開，我等你……

不，你看起來比我可口，還該keep walking……

變成編故事大賽

劇情很老套，但是我們確實是一人輪流推對方一把，兩个人合力上坡的！

妳倒底有沒有在推啊？我推你時可是用盡全身力氣吧！

你少來!!你只要推你体重的一半，我卻要推我体重的2倍，你當然輕鬆!!

結果回到家後，不但又開始小咳，連耳朵都痛起來！看來散步計畫，又是凶多吉少！但不知以後还能再計畫什麼？在家裡甩手腳??……

最近大王的同事買了一個一萬四仟美元的運動器材（機器），號稱一天只要做四分鐘就可以達到健美瘦身。

我和大王都非常非常不以爲然！一萬四仟元（四十六、七萬台幣），乾脆直接去抽脂！畢竟心動於商家強調「每天只要做四分鐘」，表示根本不真的很想運動，那當然不如直接抽脂去。

說著說著大王又提及散步了，希望我們能來個第二次散步計畫，不過，這次和以前仍稍有不同，我們決定往坡上走，而不要像以前一樣往坡下走（以前的回程是上坡），而且我們家這條路，再往上坡比較不陡。

我不太有信心耶，畢竟這類計畫實在做過太多次了・・・

燭枱。

自從我的壁爐枱完工後，什麼東西該放在上面，就變成一件很重要的事情！

為什麼大家壁爐上都放燭臺啊？我也不是很清楚，我的心思只是：
不放燭臺要放什麼？

大王的家當中(從挪威帶來的)，其實已經有不少燭枱了，但全部都不成對，只有一組才是一對的，但那一對卻是黃銅色，我們一致認為，和客廳及壁爐目前的色系不配！於是決定找一對燭枱！

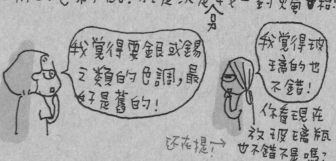

我們上週末於是又穿梭在各处骨董舊貨店中，
第一天逛了半天，火蜀柏没看到心枝，我倒是找到
一對喜欢的燈!

喂!

假在
燭內
灯的
水晶中

我知道!可是
可以放沙發
旁的桌上嘛!
很配呀!

那吓是蠟燭抬!!
我們不要又加
電線了!!

看那些假鑽多閃!
我好喜欢～!

大王翻了一眼價格標，跑去問店員是否可單
買一个?

没辦法喔!那
位寄賣的太太堅
持一對一起賣.

拜託喔!～對才
8元半,我出錢嘛!

結果我去結帳時，才發現是我弱視，又才把85
元看成8.5!難怪錯怪大王小氣!連我自己付完
帳都想剪卡了!

第一天没找到心蜀柏之下，第二天我們又繼
續大業，第二天真的運氣有比較好，看到不少
火蜀柏，不過卻上演著冒挣者的悲歌，歌
詞大意是：有呷意的都很貴，買得起的卻很
醜……（自行編曲）

一陣無奈中，我意又看上另一个火燈」!

妳!?……

昨天那
个火丁太小
了……

妳有没有搞錯!?
我們是來找心蜀柏
吧!今天一直買燈做
什麼!?女人!!不可思議!!
…最好別和女人爭拼!!…

放在那位置
没有氣勢…

假燭臺水晶燈現在已經被我
改成真正的燭臺了，它已經
不再是有電線的燈，它改放
在我後來買的爛木櫃上，可
是我真喜歡這種舊木頭配玻
璃水晶的感覺!

這個燈大，果然放沙發旁比例較對。

確實，我之前買的那對燈，美雖美，但大小和客廳顯得不搭，而且回家才發現其中一支还有短路問題，忽明忽滅地，很有電異之效！這日看的這ケ燈，確實氣勢好太多，大王鳾鳾鳴，还是不聽使喚地阽心同意我，噼心是地挑起價格標來看，一看才40元！他馬上決定去付帳！

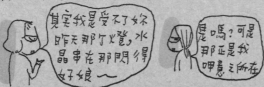

其實我是受不了妳昨天那ケ燈，水晶串在那閃得好娘——

是嗎？可是那正是我呷意之所在

而且在決定買這燈之後，我們竟又立刻看到一对我倆都还算苟同的燭柏！

黑色鉄

而且才10元配！

知我的壁爐

鈪夾我們有配喔…

我贊成，我也喜欢這种風格！

終於，我們完成目的，高々興々地回家了！在整ケ过程你來我往地討論中，我真的發現大王對我那一对水晶珠串燈很不欣賞，所以這第二天購拾的成果，他很滿意……但…

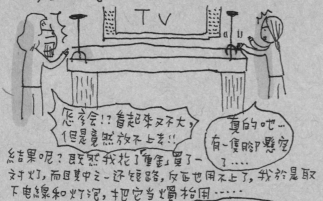

TV

怎麼会！？看起來又不大！但是竟然放不上去！！

真的吧…有一隻腳懸空了……

結果呢？既然我花了「重金」買了一对燈，而且其中一还短路，反正也用不上了，我於是取下電線和灯泡，把它当燭拾用……

娘死了…

才不会！我就喜欢它閃……

花了那麼多心思找燭臺，結果現在放在壁爐檯上的都不是燭臺，而是我日後會提到的側面雕像柱。

這ケ！

西雅圖的挪威聚會

美國是個多種族移民國家，所以境內四處有中國城也不足為奇，韓國人的聚集処也可經常看見，北歐人的活動区域也偶爾可遇。不過說真的，我從來没去參加過海外台人的聚會，阿烈得也從來未打聽過挪威人有什麼定期聚会或活動…

但是食物还是家鄉好！上週我們又去西雅図的北歐人活動区買了挪威食物，結帳時，店員提到隔壁棟正在挪威聚会！

現場也有小跳蚤市場，一些人把
自己不想留的東西拿出來賣，但
大多是挪威的東西。

仔細一看，大部分來聚會的挪威人都
是銀髮族的‧‧‧

大王是對社交沒興趣，不過聽說有挪威餐可吃，
我們決定去瞧瞧！
從來沒去過西雅圖台灣會館的我，倒是先造訪了
挪威會館

食物是買了，但要找到一个空位坐下可不容易呢！放
眼望去，數條長條型的大桌，看不到什麼空位，
还有很多人是拿著盤子走來走去的呢！不過我們很幸
運，沒多久就承接到兩个靠角落的位置！

也不算愛屋及烏，我對挪威菜神奇地接受度很
高，我們很快解決第一盤，並決定再來一份！大
王看人潮不少，很擔心我們一旦離座，之後就
再也找不到座位了，所以他向最他支持的自
言自語老太太提出要求：

我們買完餐回到原位時，那影像还真是讓我嚇嚇一跳!

不行,不行! 这兩个位置有人了! 我雖要走了,可是我答応帮人顧!

她不但趕走了前來的2个人,还要求我們的鄰座幫着一起看顧!

你旁边这二个位置有人了,如果有人要來坐,而我又没注意到的話,你要帮我顧喲!

聽到没!?

啊!?....好...好...

因為嗓門大,咔里外就聽得到!

這可不是壽司!這是挪威的三明治。
杯子裡的不是茶,是咖啡。

不愧是我暗心支持的老太太呵呵!!果然太令人激賞了! 敬業又負責!!!

阿烈得是老奶奶殺手....

那个妞竟然做到這种程度呵......

用完餐後,我們也在各個買東西的櫃位四处看,挪威人在西雅图的聚会真的十分新鲜有趣,不過這一天,我印象最深的还是那个認真的老太太......

 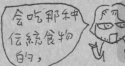

会吃那种伝統食物的,肯定是好人!! come on!

當天還有辦摸彩活動呢...

攏是為著你啦！

又是西雅圖陰雨菲菲時節，歐巴桑擔憂滑倒的好時机。

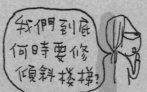

我們到底何時要修傾斜樓梯？

妳不是有弄一ㄍ警告牌嗎？繼續放在那裡就好了！

別人的孩子死不完！

是的，去年我用印表机印了一ㄍ警告牌，但是一年來的風吹雨打日晒，牌子早就退色到看不出什麼碗糕了。

〈英文啦！〉

注意！小心滑梯

→ 慎重地用壓克力相框裝起來，四週緊密封上透明膠帶，仍敵不過變化多端的天候摧殘！

所以我前一陣子（一ㄍ多月以前），就在EBAY競標了一組警告牌+告示牌：

SLIPPERY WHEN WET

DO NOT ENTER

（二件当一件拍賣）

太好了！另一ㄍ禁止進入我可以用來禁止搶銷員！

↑ 当然还要自己後加工！！

我打敗競爭者脫穎而出，成為贏家，但是一等等了一ㄍ月，東西根本沒有來！

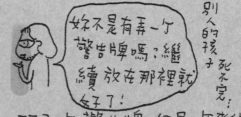

可惡！一定要給你留壞評，給你死！！

對EBAY越來越沒信心了，因為我已經不太能預計錢付了一定會收到貨——繼這次經驗後，又有兩次沒收到得標商品的情形。

我競標前,該賣家是100%的好評的!非常衰,就在我買了他的東西後,他決定變壞人,捲款落跑!

・東西沒來,小心!!
・東西沒收
原來已經有人比我更早就留壞評了!我還等了一個月!!

也就是說,在我相中他的警告牌時,他同時間賣的東西也都沒寄給別人,並且把他所得的貸款一清而空(從EBAY和PAYPAL帳戶領光),個從此消失在人間……

雖然我申訴了此案,但因為他的戶頭已經一清而空,EBAY和PAYPAL也無法強制退款給我,我就這樣損失了三佰多元台幣!

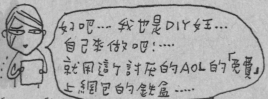
好吧…我也是DIY女…自己來做吧!……就用這個討厭的AOL的「免費」上網包的鐵盒……

◎我和AOL的恩怨,在「西雅圖妙記」一書中有收錄。

原始的計劃是這樣的:
① 用印表機印出兩個牌出來。(紙製)
② 用透明膠帶兩面全封住(以防水滲入)
③ 將兩牌放入AOL鐵盒中,灌入Casting Resin
(塑型樹脂.透明)
◎此種東西是液狀,乾了後看起來像玻璃或透明壓克力。
④ 乾了後,牌子將永遠封在其中,以後就不怕日晒雨淋而●退色了!

結果上網一查,發現這樹脂還真不便宜,小小一罐16oz(大約比500cc再少一些)就要15元左右美金,才剛損失了10多元的我猶豫了!買不下手……

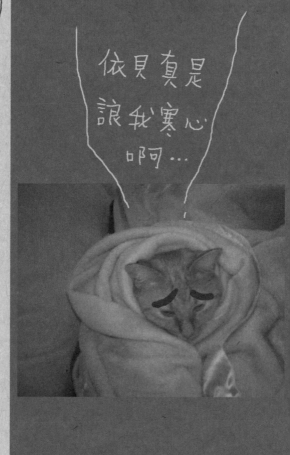
依貝真是讓我寒心啊…

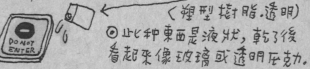

異想天開！

對了！我前几天做油漆工時，發現一罐油漆結成硬塊了！我有另一罐透明漆是好的，搞不好可以用它來當樹脂給它結塊！……

好主意！反正也不用了…給它廢物利用……！！

鄉親啊！沒飯可以吃麵代替，沒有塑造樹脂真的能用油漆代替嗎？？？

我本以為油漆的結塊是很快的，畢竟蓋子有蓋住都會能結了，如果就讓它暴露在空氣中，勢必結得更快才是……

我耐心地又等了一个星期，一个星期後慘不忍睹！油漆不但还沒完全結乾，重點是，它把透明膠帶給參差不齊地腐蝕了，油水也滲入紙張，表面也皺紋四現……

P.S 因為自己DIY嘛！我後來把莘艖入改成 STOP SIGN.

我欲哭無淚，浪費了一个多月的時間，最後还是仍花了錢買了塑造樹脂，只不過是為了西雅圖的雨季啊！為了小小的一个善心的警告牌，我竟然花了這麼多心力！！早知如此，我不如乾脆一開名就研究如何修樓梯！可能还更省事吧？

塑造樹脂果然還是比較專業，雖然在等乾的過程還是有點浸濕底紙，不過全乾了以後就再也不會改變了，也不怕雨淋雪打。

當然，我還是太好心了，我後來還是買了一個有蓋塑膠箱，放在樓梯上面，專門給郵差或送貨員放包裹──不必下樓來了，我自己上去收。

倒 垃圾

在美國要丟個垃圾可真不容易！除了日常倒垃圾要什錢之外，其實垃圾車每週也只來一次！可不像台灣又免費，又天天來。

更不容易丟的是大型垃圾，凡是塞不進垃圾車筒的東西，你也別指望垃圾車來會順便幫你運走！

我終於理解，当初你要丟一台小冰箱……

会把它載在車上來來去去搞了一年……

那陰容易丟的話，我早就省下不少油錢了……

這麼痛苦的事，難怪美國人的家倉庫都堆滿了東西，可能不是捨不得丟，是丟不掉吧？

地毯看起來沒什麼，
家裡客廳看起來也不多大，
沒想到捲起來這麼多大捆。

又髒又笨重。

我們要換木頭地板了，這些拆下來的地毯要怎麼辦？？

好圖才不是提供了解答：放倉庫（車庫）裡啊……

還是木頭地板好看‧‧‧

車庫？如果我家車庫还有空位就好了，大家也知，連車子都不多可放哩！还放地毯？？？

主說：愛仇敵。

討厭它不如接受它

這些傢伙可能還要还繼續跟我們同居一年…我最好学会愛它們…

其实這些地毯也不錯啊…看上面那些污漬，多麼像畢卡索…

✱ 喪失心智的自我催眠 ╋ 預先心理建設 ✱

如上，儘管我已經做了精密的心理建設，仍是不忘行動上繼續打聽，如何才能丟掉這种大型垃圾，或是，資源回收也可以（更佳！）

Call 朋友…

我記得妳家上次也換地板，那原本你的地毯是怎麼丟的？

來幫忙做地板的朋友事後順便載走啦……

有那种善解人意的朋友真好啊！果然我和大王平日不重交際还是差很多！命運之神的交友簿，真是一点都嘸不得！

上網查查看

我們回收地毯，但要盡可能大張又乾淨的……（某網站选看）

先鬼了，大張又乾淨还要拆下嗎？我自己晚點拿去EBAY賣就好……

最後，終於还是讓我找到丟垃圾的場地了，要自己載去，而且以重量收錢。（沒錯！在美國丟垃圾要付錢，一定要当成吃飯付錢一樣的常識才可以！）

看吧！！

我當初買偵車的眼光不錯吧？現在不就又派上用場了！！

女子女子女子一是是是一

要達成心願就少廢話為佳

車王登場！

我這一生中，這还是第一次自己去垃圾場倒垃圾呢！沒想到竟在美國！前去垃圾場的途中，我倒不是擔心將親眼目睹見聞垃圾場的豐盛@富有，我是一直擔心重量問題！

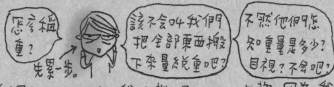

怎麼稱重？

先累一步。

該不会叫我們把全部東西搬下來量總重吧？

不然他們怎知重量是多少？目視？不会吧？

結果到了垃圾場，我吃驚得不能再吃驚，因為，我根本没看見什麼垃圾山啊之類的！

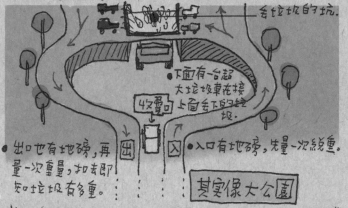

丟垃圾的坑。

下面有一台超大垃圾車在掉上面丟下的垃圾。

收費口

出口也有地磅，再量一次重量，扣去即知垃圾有多重。

出

入

入口有地磅，先量一次總重。

其實像大公園

当天很興奮，一不做二不休地，後來又去了另一处電腦回收站，再花了十几元美金去掉壞掉的電腦，現在，我什麼垃圾都没了！

而且经過這一切，我非常非常同意，人該為自己製造出的垃圾付錢！丟垃圾要收錢合理！

我的電腦螢幕，不但沒有換成薄型電漿的，也沒有升級過——我到現在還是很古老地用著我生平買來的第一個電腦螢幕！（主機倒換過數次）

前一陣子還在想，我的螢幕用得很超值了，可以換了！可是一想到回收要付錢，而且我的螢幕又不是壞掉了，我就又會算了！不是我不願意付錢（我非常願意），而是我總是會想，這些大型垃圾最後會去哪裡呢？這些大家不斷快速升級、重購的一台又一台的電腦和手機，會在哪裡呢？怎樣也會是在地球上吧。

所以我還是繼續讓這個螢幕相隨吧！畢竟螢幕不是那麼必要升級的東西。

MANY

最近這几天, 我忙死了, 忙到自己的網站都有是無暇去顧!

(3个月大) Hi~ This is Many~

哼哟啦~ 放亮片~

我的新貓 Many

是的, 我家多了个新成員 Many! 大家一定以為, 我終於又有貓了, 一定很高興吧!? 事實不然......

如果妳猜得到我給你的生日礼物, 我就

提早給你! 但妳不可能猜得到的! ......

寵物? 不会吧?

真的像蛀子附身!

不...是... (不会說謊的人)

你!?---!!! ↑不要以為這是高興、感动!

当然接下來立刻就吵了一架! 我想阿烈得那一方的想法是怎樣, 並該不必解釋了, 大家都該会了解——他知道我喜欢貓, 所以終於給我一隻貓, 也期待我会高興到大叫! 可是我竟然沒有!!! 而且还有是不識相地不高興!

動物不是用來取悅人的!

你明知你過敏很嚴重, 还要養貓? 怎樣? 不合适几天後就

送回去嗎? 貓多可憐!! 我又会多難過!!

氣到要爆管。

MANY剛來時, 可真小啊!

我承認，我自己實在不算是个羅曼蒂克的人，尤其一牽扯到有「生命」的東西，我簡直嚴肅得像教官！我實在不願意見到人無自知，「試過方知不行」，然後再把貓送走，在這种過程裡，我会覺得人太自私，太以自己為主向來考量，完全不顧慮動物的狀態和後果！

火烈地冷戰一天！

冰塊

但是隔天，Many还是來了，在那前一夜，坦白說我心煩到睡不著，半夜三點就起床，在家演遊魂……

还是告訴大王，我不想養貓吧……

心神不寧

把一切導向是我自身的任性和過錯，這樣他或許比較不会太生氣或難過……

什麼名字好呢……？

「Many不錯…」

不是說不養嗎？还想名字!!!?

對！天微亮之際，我已经确定決定要告訴大王，我不想養貓了，也許是因為已经下了決定，我的心情也突然整个放鬆下來。才有餘力和心思，往別的方向想……

我是不是想太多了？……

天曉得会怎樣？說不定 Many 和大王根本就可以相安無事，我怎麼不給大家一次机会呢？

回魂→

以Many的角度來說，我反正已不会虐待他(公貓)，就算他以後得從我家離開去別人家，也想得他就是不幸啊？只要他遇上的都是好主人，這不就是一切的重點嗎？

好吧！養Many吧!!

一个早上下兩次完全不同的決定的人！

Many終於來了！我幾乎要流下眼淚！因為我從沒見
過這麼乖的貓！相較於從前我養貓的經驗，一
般都是人要陪貓玩（負債，給貓愛），我卻覺得Many
是陪我玩！

並不是那
麼需要，但
好吧！好
要玩我就
陪……

Many —
Many —

而且本來大王説，他不准Many去的地方
是床和沙發，我那時還想「貓會聽才怪」
！真是怪了，Many 根本也不會跟隨我們！只要我們消
失在客廳，他自己就會去籃子裡睡覺，即使我們是在
和客廳相連的廚房，他也不会跟來！

北鼻一不
要嫉妒
啊！好不也
很好！

我絕不會有
了新的忘了
舊的！

我沒嫉妒
啊啊！我本來
就比較喜歡
阿冠軍……

↑前夫，

Many目前看來的需求也只是食物和水 和我經常的陪
伴（這真我因常在家，也是做得到！），至於我每晚離他
上自己的床去睡，其實也和一般貓等主人下班回家差
不多而已，並不是太難熬吧！Many很簡單，就是常摸
他，常和他在一起（不必刻意刻玩），就多了，反而是我
常多心！

怪了！Many的
好奇心很低啊！
連家中其它範圍
都不太願意去！

？

°°°別拿紙逗我…
那是要怎樣！
不过就是
紙……

不會是生病了吧？不像呀…

至於剁剁呵列得？目前看來也好得很，並沒有過敏的跡
像……

很ok喔…

只有一次手稍微癢
了一陣子而已！

↗摸他
之故…

你在幹
嘛？

仰臥
人員
坐

↙MANY

代名詞

今天西雅圖下了今年第一場雪，不過我因為有存糧也沒出門，連本已出外上班的大王，看雪愈下愈大，都半途折回，所以，我也沒打算寫下雪的事……

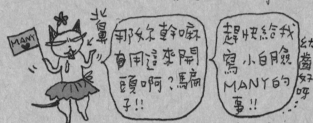

那你幹嘛有用這來開頭啊？馬屁子！！

趕快給我寫小白臉MANY的事！！

幼齒好呀

你頭上的花和身上的裙子是怎麼回事？

好吧，MANY，這一週以來，我注意到一件事，那就是大王都不喊MANY的名字，每次都用「濛斯」(貓的荷蘭語)代替！

LOVE！

來！來濛斯…

拜託你喊他名字好不好？不然他永遠不知道他叫MANY！

要讓他習慣啊…

那了……

A——MANNY…

什麼MANNY啊？又不是啤酒！！！

⊙MANNY's是一啤酒牌子.

因為如此, 我開始懷疑「MANY」是个奇怪的名字!
前几天帶MANY去医院(当然是獸医院)做健康檢查時,
我就特別注意護士和医生的態度.

這樣對嗎?
← 填表.

寵物名:
MANY

很對呵阿!
幹嘛?很
為難嗎?

果然別人家的狗, 護士呼喊時, 都叫巴比、史考特,
就是輪到我的貓時, 卻只說「輪到你們了」!

這是天下
最難的
字呵阿

哪有貓叫
MANY的?
這种名字我
喊不出呵阿…

本來決定喊
主人的名字的,
誰知, 竟然叫
「喵」?!!! 太開
玩笑了吧!!…
他們是故意來鬧
的… 一定是!!…

一个護士的心声　BAD DAY

好吧! 護士就算了, 医生比較專業,
还是要看々医生怎樣講……

太好了!有第三者來!!

嗨!我是医生史密司,
你是…?

Arild

也是怪名呵阿!好
佳在他自己有唸出來!!

医生不虧教育程度比較高, 很聰明地她直奔同類,
暫時化解了尼尬.

但是接下來，她還是一次也沒喊出MANY這名字！

終於，回到家我問大王了：

好吧！我还是堅持我的貓叫許多先生！而且從現在開始，要看誰的「逃避功夫」練得最高段！

老天爺....但願人家不要以為我是美國文盲...

老是把MANY揹成MANY！！！.....

現在已經不再有人對於喊叫
MANY有困難了・・・

看！只要願意，
还是做得到
的嘛
！

國家圖書館出版品預行編目資料

西雅圖妙記 / 張妙如作. -- 初版. -- 臺北市
: 大塊文化, 2004-   [民93-]
冊； 公分. -- (catch ; 76-)

ISBN 978-986-7600-67-7(平裝). -- ISBN
978-986-7059-77-2(第2冊：平裝)

855   93012551

姓名：_____　　性別：□男　　□女

出生日期：_____年_____月_____日　　聯絡電話：_____

E-mail：_____

從何處得知本書：1.□書店　2.□網路　3.□大塊電子報　4.□報紙　5.□雜誌
　　　　　　　　6.□電視　7.□他人推薦　8.□廣播　9.□其他

您對本書的評價：

（請填代號 1.非常滿意　2.滿意　3.普通　4.不滿意　5.非常不滿意）

書名_____　內容_____　封面設計_____　版面編排_____　紙張質感_____

對我們的建議：_____

_____

_____

_____

_____